新　潮　文　庫

可能性の怪物

文豪とアルケミスト短編集

河端ジュン一著

新　潮　社　版

11880

どこかの時点で違う歴史を歩み始めた日本。
近代風情《ふぜい》が長く続くこの世界では、
多様な思想を生み出す文学書が人々に個性と意志を与えてきた。

しかし——
突如、文学書が全項黒く染まってしまう異常現象が発生、
次第にそれらの文学書は、
最初から無かったかのように人々の記憶からも奪われ始める。

それは負の感情から生まれた
「本の中の世界を破壊する侵蝕者」
によりもたらされた災禍だった。

それに対処するべく、
特殊能力者〝アルケミスト〟と呼ばれる者が
国の図書の全《すべ》てを扱う国定図書館に派遣された。
彼らは特務司書として文学書を守るため、
文学の持つ力を知る文豪を転生、
彼らの力を使い侵蝕者達を追伐する。

目　次

織田作之助

代表作　『夫婦善哉』『青春の逆説』

派閥　無頼派

大阪で生まれ育った、生粋の大阪弁を話す陽気な青年。美男子を自称するなど歯に衣着せぬ物言いが目立つ。持ち前のサービス精神から無理をし過ぎてしまうことも多いが、周りの心配に対しては独特の高笑いで誤魔化すばかり。どうやら体があまり強くないことを気にしており何が何でも明るく振る舞おうとしているようだ。

久米正雄

代表作　『受験生の手記』『父の死』『破船』

派閥　新思潮

微笑とも苦笑ともつかない笑いをたたえた青年。才能があるのは確かなのだが、過去の経験からか自分を卑下する発言も多い。とはいえ、その感傷的な言葉は周囲を惹《ひ》きつける魅力があるようだ。友人である芥川龍之介との決定的な才能の違いを気にしており、彼を意図的に避けている。小説だけでなく戯曲や俳句などにも造詣《ぞうけい》が深い。

宮沢賢治

代表作 『雨ニモマケズ』『銀河鉄道の夜』

根っからのお人好しで「僕は平気!」と言って、自分よりもみんなが幸せになることを願う少年。天真爛漫《らんまん》さが目立つがベジタリアンであったり、大人の絵本と称して春画を大量に所持していたりと意外にもませているところがある。そのためか考え方を押し付ける支配的な大人には反発心を持っているようだ。

夢野久作

代表作 『ドグラ・マグラ』『少女地獄』

一見して礼儀正しい誠実そうな青年に見えるが、何を考えているのか全く読めない食わせ者。人を思いやるような態度をとってはいるが、内心他人を利用することに全く抵抗がないようだ。殺人や狂気といった猟奇趣味の持ち主で、侵蝕者をバラバラにすることが楽しいとは本人の言。江戸川乱歩をとても尊敬しているらしい。

北原白秋

代表作 『邪宗門』『桐の花』

派閥 北原一門

詩だけでなく歌や作詞も難なくこなす俊才。その多彩な才能を慕って集まった弟子も多いが、本人は無関心を決め込んでいるようだ。批判されたり命令されることが嫌いで、本人曰く己の美的感覚を批判する者は許せないとのこと。その尊大ともとれる態度とは裏腹に非常な努力家で、一番であるための努力は厭《いと》わない。

可能性の怪物
文豪とアルケミスト短編集
Bungo and Alchemist Novelizations
Short Stories
The Possibility Demon

二度目の舟

case 久米正雄

一

上体を前方に倒し、握ったオールの刃先を立て、背後の水に刺す。身体《からだ》全体で引くと、刃は波を前へ押し出す。肩と腕は力まず、運動エネルギーを流れるままに腹と脚へ移してゆく。舟が加速し切ったところで優しく、刃を水面から抜く。一連の動作を定型にする。前後の動きは躍動的に、だが上下にはぶれないように、自身が川の流れと一体化するよう、漕《こ》ぐ。

ボートはカヌーと違い後ろに進む。景色は背後から前方へと流れてゆく。過去を見送りながら進むこの乗り物が好きだった。漕いでいる間は後ろ向きな時間を許される気がした。ここは僕だけの私的な世界だ。そのはずだった。

頭上を、夕色に燃えた雲が帯のように流れ、正面の水平線に沈む落日へと吸い込まれてゆく。振り返ると、一艘《そう》の舟が僕と同じ進行方向へ、だが随分と先を進んでいる。青紫に染まりはじめた東の空を突き刺すように堂々と、力強く、獣の進撃のごとく水を裂いて。

芥川《あくたがわ》君はいつだって、僕の先を行っている。

「『競漕《きょうそう》』が、侵蝕《しんしょく》された」

と言ったのはネコだった。館長は多忙のためにそのとき不在で、彼だけが僕と対面していた。

「吾輩《わがはい》の見立てでは、今回の侵蝕者はお前と高度なシンクロを示している。すぐにでも潜らなければ、大変なことになる」

僕は彼をあまり好きではなかった。口調が夏目《なつめ》先生の作品を思い出させるからだ。僕は、机の上に行儀よく座るネコの瞳《ひとみ》を見下ろし、

「そう」

とだけ小さく返した。

『競漕』は、大学のボート競技を題材にした短篇小説だ。主人公は複数人乗りのボートレースに、欠員の代わりにと誘われ、はじめのうちは道義程度の動機で参加するが、次第に熱を上げ、健闘の末に勝利する。

「学生独特の背伸びをした若々しさ、冷静ぶった感情、レースの盛り上がりと共に冷静さを超えてやってくる昂揚《こうよう》を見事に描き出している――お前の得意な、私的な体験を瑞々《みずみず》しい情景描写で描いた私小説であり、心境小説だな」

「読んだの？」

「吾輩も多少は勉強をする」

「いいのに。僕の作品なんて」

「あの夏目漱石《そうせき》にも褒められたと聞くぞ」

「褒められた――」

僕は、微笑でも苦笑でもない曖昧《あいまい》なかたちに唇の端を歪《ゆが》める。

「確かに、そうだね。僕はあの作品を褒められたんだ。先生に」

ネコは僕の顔を、奇妙そうに見上げた。だが大して興味もなかったのだろう、すぐに鼻息をふんすと吐いて続けた。

「潜書の準備ができ次第、有碍書《ゆうがいしょ》の書架へ向かってくれ。即出動だ」

侵蝕された本は有碍書という名を与えられ、僕たち作家が潜る――潜書することで、浄化を試みる。

侵蝕を止めなければならない理由はシンプルだ。完全に侵蝕されたとき、その本の内容が人々の記憶から消えるから。記憶が消えればそこから学ばれた思想も消える。つまり恋を描いた詩がひとつ消えれば、世界が恋を少し忘れる。努力を描いた小説がひとつ消えれば、世界が努力を少し忘れる。

「他の三人は？」

潜書は、よほど特別な事情がない限り四人一組《フォーマンセル》で行われる。人員の候補はまず著者。誰よりも作品を理解しているからだ。次いで、作品や著者に詳しい者が充《あ》てられる。

「空いている人材から選んだ。菊池《きくち》寛《かん》と堀辰雄《ほりたつお》。それから芥川龍之介《りゅうのすけ》」

唾《つば》を呑《の》む。

「芥川君が」

その名前を口に出すこと自体、随分と久しい。

「ああ、奴《やつ》は真っ先に必要な人材だろう。なにせ一番お前と近い」

近い？　ふっと自嘲《じちょう》的な息が漏れる。

「彼の手を煩《わずら》わせるのは申し訳ないよ、僕なんかのために」

「そうか？　奴はこちらが声をかけるよりも早く名乗り出てきたんだぞ」

僕は瞬《まばた》きをする。「どうして？」

「さあな。そのへんの機微は吾輩にはわからん。だがお前も、芥川の作品が同じ目に遭ったなら同じ行動を取る。そういうことではニャイか？」

大真面目《おおまじめ》な顔で茶化したような口調のネコに、僕は顔をしかめるだけで答えない。

館長室を出たところで、「おう、久米《くめ》」と快活な声が飛んできて、うつむいていた顔を上げた。

「寛」

菊池寛。生前から僕と親しくしてくれている旧友だ。

「競漕のこと、ネコから聞いたぞ。ちょうどこれから、潜書要請への承諾を伝えに行くところだ」

寛の隣には、後輩の堀君もいて、小さな握り拳《こぶし》を作っている。

「みんなで力を合わせればきっと大丈夫です！　安心していてくださいね」

「ごめん、僕なんかのために」

と返すと同時に、堀君と寛の後ろから、すらりと上背の高い人影がやってくる。二人は「あ」「おう」と親しげな目を向けるが、僕の体は反射的に強張《こわば》る。

「またそうして、自分を卑下するのは感心しないね、久米」

低く腹の底に響くような声に、背筋がぶるりと粟立《あわだ》つ。僕はたまらず目を細める。彼の姿は僕にとって亡霊のように恐ろしく、月のように眩《まばゆ》い。

「……芥川君」

「夏目先生にも注意されたろう。僕の言葉は届かなくても、先生の忠告には誠実でいてほしいな」

彼は微笑のように緩めた、でも心を見せない冷ややかな目で僕を見下ろす。その仮面みたいな、それでいてこちらの心は見透かしていそうな表情が苦手だ。

僕は彼の視線から逃げるように眼鏡に触れ、「そうだね、ごめん」と呟《つぶや》く。

「今回の事は災難だったね。力になれるよう、微力ながら最善を尽くすよ」

「手間を、かけてしまうね」

「いいんだ。このくらいさせておくれ」

寛が、じゃあ後でな、と優しく僕の肩を叩《たた》き、三人は館長室に入ってゆく。

三つの背中を見送った後の廊下に、扉の閉まる音ががちゃりと響く。

芥川君の周りには仲間がいる。いつだってそうだ。

僕は、芥川龍之介を天性の作家と思っていない。

確かに彼は若くして常人離れした感受性を持っていた。しかし彼を作家たらしめた最大の要因は環境だ。時代の激動、文学の役割、先輩たちの思惑、仲間たちの期待、後輩たちの崇拝——大きなうねりの中で様々な者が、ひとりの青年に思いを載せた。薪《まき》がくべられ、偶像の火柱が上がった。彼自身、その偶像を現実とするべく命を燃やした。

そんな彼が、再び仲間と第二の道を歩き出そうとしているこの今に、手を煩わせてしまうことを申し訳なく思う。本当に。

ただ一方で、僕の中にあるもうひとりの僕、いまだ過去に沈んでいる残穢《ざんえ》は呟く。

——芥川君、君は、勝手に先に行けばいいのに。

芥川龍之介を天才たらしめたものが環境だとして、最初の火を灯《とも》した張本人は誰か？

夏目漱石だ。

先生に求められたから、彼は自らの身を炎に投じ、芥川龍之介を演じ続けた。晩年の彼はその灼《や》ける眼球で、自分が何者かさえ見えていなかっただろう。彼の自死さえ、半分は無垢《むく》な悲鳴だが、もう半分は作家・芥川龍之介としてふさわしい最期《さいご》を求めた男の、炎の演舞に見えた。今際《いまわ》で彼は選んだのだ。個人・芥川龍之介を棄《す》て、作家・芥川龍之介となることを。その灼熱《しゃくねつ》の苦しみと煉獄《れんごく》の死を、哀れむよりも悲しむよりももっと強い羨望《せんぼう》の眼差《まなざ》しで、仄暗《ほのぐら》い水底から見上げている者もいる。

あのとき僕を置いていった君が、今さら僕を振り返り、手を差し伸べようなんて。先生に褒めていただいた数少ない、僕の聖域に踏み入ってこようなんて。

だから、競漕。

この世界でだけは、僕は彼の先を行かなければならない。

二

頬にぽつり、と雫《しずく》が落ちた。空を見上げる。夕日は正面の水平線へと消え、代わりに東から、雨雲を連れた夜がやってきている。

背後には、先を行く芥川君の舟の他に人気《ひとけ》はない。残りのふたりは支流に分かれてしまったのだろうか？　安否が気にかかる。だが人に構っている余裕もない。それに、最初から、最後はこうして彼と二人になる気がしていた。

五分もしないうちに本降りになった。水量が増し、波がうねる。川幅がぐんと狭くなり流れが勢いを増す。周囲に鬱蒼《うつそう》と茂る木々が現れ、視界を悪くする。転覆しないためにオールの回転数を上げる。がこん、がこん、と転がるようにシャフトが鳴る。ぎちぎちとピボットと足元のゴムが軋《きし》む。ざあざあと雨が水流と混じりさざめく。自然が自身と一体となる感覚に陶酔してゆく。水面に跳ねる飛沫《しぶき》は、観衆の拍手のようだ。芥川君が体感した作家人生はこのようなものだったのだろうか。この狂騒に急《せ》かされたから、彼はあんなに駆け抜けたのだろうか。今もなお、僕の先を行けるのだろうか。

　ふいに、どんっと下から突き上げられる。荒波が船首を跳ね上げた。オールを手から溢《こぼ》しそうになり、浮遊する瞬間にどうにか握り直した。が、直後に落下、尻《しり》の骨を鈍く船底に打ち付けた。ぐ、と呻《うめ》く。振り返ると波は魔物の腸《はらわた》のようにうねり、嘲笑《あざわら》う。その陰から黒々とした岩が現れ、僕はぎょっと目を見開く。とっさに尻に力を入れ、オールを力一杯に漕いで進路を変えようとする。が、怒濤《どとう》が無慈悲に押さえつけてくる。岩が見下した笑みで迫る。だめか、と歯を食いしばったときに横からの突風が吹いた。咄《とっ》嗟《さ》に上着を脱ぎ、オールに引っ掛けて帆のように掲げ風を味方にして、舟の横っ腹を岩に擦《こす》りながらも通過する。

　惨《みじ》めな漕ぎ方だ。自嘲的に唇を歪める。そこではっと背後を振り返り、気づいた。

「芥川君？」

　姿がない。見失った。

置いていかれたのだ。

「そんな」

小さく呟く声に重なるように、

『惨めだねえ』

と誰かの声が聞こえ、びくっと周囲を見渡す。声は辺り一帯に反響しているが、気配は正面、過ぎてきた方向からだ。目を凝らす。雫のついた眼鏡越しに、奇妙な風景が現れる。風に躍る雨粒のひとつひとつが一体となり、巨大な顔面を象《かたど》っている。

顔立ちは、僕自身だ。醜く歪んだ笑みを浮かべている。

——侵蝕者が見せる幻覚か？

僕の顔は僕を嘲《あざけ》るような声音で語る。

『自分でも気づいているんだろう？　未練がましく追いかけても、君は永遠に彼には追い付けない。君が進む分、彼もまた、進んでいるのだから』

僕の頬がぴくつく。雨に叩かれている唇を動かす。

「そんなことはない。この作品は先生に褒めていただいたんだ。ここでは、僕の方が優れているはずなんだ」

『確かにね。夏目先生は競漕を褒めた。だが、そのときの言葉を君は覚えているだろう？』

目に浸入してくる雫を指先で払う。それでも雨粒はとめどなく降りつける。

『覚えていないはずがない。あのとき、君は否応《いやおう》なく実感したはずだ。先生から芥川君への言葉には、自身に連なる文士の手を引くような、将来自分の元まで来る若き同志への期待が込められていた――だが君への言葉は、無数にいる作家志望者へかける類《たぐい》の優しさだった。決して、期待ではなかった』

　ぎゅっとオールを握る。

「わかっているさ」

　と静かに、だが唸《うな》るように返す。僕の深くに湛《たた》えられた水面を見つめるように。

「今さら言われなくてもわかっている。誰かに期待されることだって、もう期待しなくなった」

『なら、なぜだ？　生き恥を晒《さら》すとわかっていて、なぜこの冷酷な現実に、二度も付き合う』

「二度――」

『そうだろう？　一度目の人生を終えたとき、君は苦しみから解き放たれたはずだ。なのに今君はこうして、現世に呼び出され、また苦しんでいる。すべては転生させられたがために押し付けられた悲劇だ。なぜ君は、この悲劇に協力する？　君はもう苦しむ必要などない、帝國図《ていこくと》書館《しょかん》の歯車となる必要などないのに』

僕を責めるようで、まるで僕を哀れんでくれているような口調に、僕はふっと頬を緩める。

「確かに。その問いは僕自身、何度も自分にぶつけたよ」

『答えは？　見つかったのかい』

「それは――」

口にしようとして、やめる。

侵蝕者は、僕の聖域を侵している張本人だ。こちらの情報を明かしてやる義理はない。それに、時間もない。僕はまた、節々が痛む四肢を動かし始める。

芥川君に追いつかなければならない。

心を決めると侵蝕者の声は遠くなり、ただの豪雨へと還《かえ》った。僕は漕艇に集中する。

そうして雨の中をひとり進んでゆくと、川沿いに流れてきたのは見《み》憶《おぼ》えのある光景だった。

最初に現れたのは、芥川君の家だ。どういうわけか、彼の葬儀に集った日の情景がそのままに再生されている。

続いて、夏目先生の葬儀。

学生時代に、芥川君と一緒に通った頃の先生の家もある。

そして僕が一番輝いていた、芥川君よりも文壇から注目されていた若かりし頃の思い出たち——

　そうか、僕の記憶を過去へと遡《さかのぼ》っているのだ。きっと侵蝕者が僕だけに見せている精神汚染だろう。

　顔が苦々しく歪む。

　芥川君が自死したとき、彼の最期の原稿は、僕が受け取っていた。

　夏目先生の葬儀では、嗚《お》咽《えつ》する芥川君の背中に手を添えた。

　先生と書簡をやりとりするとき、僕と芥川君はいつも名を隣に並べた。

　新思潮で腕を磨いたときだって隣に芥川君がいた。

　思い返せば、僕たちはいつも一緒だった。夏目先生との関係が分かれる前も、後も。

　彼は、僕から離れたかと思えば、ふいに僕にだけ弱さを見せる。そういうことをされるから僕も、あの頃みたいに接してしまう。まだ僕が導く側だったあの頃みたいに。

　もう放っておいてくれればいいのに、どうして。

　四《し》半刻《はんとき》ほどをかけ、手足が棒になるほどの波を越えた。

　すると一転、景色は深い森の中へと変わっていった。緑に囲まれた支流へと誘われ、それと同じくして雨が次第に落ち着いてくる。

　神秘的な情景だった。

大気中に、湿度の名残が霧となって漂い、ホログラムのように木々を彩《いろど》っている。青々とした葉に載った雨粒がふいに滴《したた》り、川へと落ちる。波紋は万華鏡《まんげきょう》のように煌《きら》めき、淡い彩光を反射している。夜を見上げれば、霧の輪郭を纏《まと》った満月がぼんやりと、世界に温度を与えている。寄り添う星々は鼓動のように、優しく瞬《またた》いている。宇宙の命すべてが、静かに見守っている。

とても綺麗《きれい》なはず、なのに僕は、無意識に顔をしかめていた。

理由はわからない。でもなんとなく、ここは嫌な感じがする。

僕はオールを漕ぐ手を止め、慣性で進んだ。

——芥川君はどこだろうか？

視線を巡らせ捜すと、進行方向を少しずれた先に、岩を削ってできただろう水の溜《た》まり場があり、そこに黒い影が漂っていた。

初めは、淡水藻の塊が岩にぶつかりながら水面を揺らいでいるのだろうと思った。

しかし徐々に近づいてゆきながら気づいた。

「芥川君？」

俯《うつぶ》せに浮かんだ、彼だった。

僕はすぐには動き出せなかった。あろうことか、浮かぶ彼の姿に見惚《みほ》れたのだ。水死体のように不気味でありながら、星の霧と月の川に照らされ、神秘の粉末で飾られた彼の姿に。

そんな自分の異常性を自覚して僕は、ああそうだ、と苦く唇を噛《か》む。これが彼と僕の間に決定的に立ちはだかる差だ。現実に縛られ続ける僕と違い、彼は死に様さえも虚構のように美しい。

と同時に、僕の深部に空いた穴底から、ごぽごぽと湧《わ》いてくる誘惑があった。

――ここで、彼を棄て行けば。

その声は先ほど豪雨の中で見た侵蝕者のものであるようで、でもどうしようもなく僕自身の声だった。

――芥川君さえいなければ、僕はすべてを手に入れられるのではないか。

決して今に始まったことじゃない。僕の中でいつだって同じところを回り続けている濁流だ。こんな醜いものは捨てたいといつも思う。でも叶《かな》わなかった。彼がどうしても妬《ねた》ましい。その気持ちはどうしたって洗い切れない。

ただ、かといって。この悪意に従うほど歪み切れもしない。

惨めだ。結局僕は、いつだって演じきれない凡人なのだ。

「芥川君！」

喉《のど》から貧弱な声を張り上げると僕は、舟の上から倒れるように川へと飛び込んだ。肘《ひじ》から着水し、衣服の重みでめりこむように沈む。着物は襷《たすき》掛けにしているとはいえ絡《から》みつく。顎《あご》を上げ、水面を摑《つか》むように藻搔《もが》くと余計に、渦巻く水中へと顔が引きずり込まれた。

「あっ」

頭の先まで水中へ沈む。思わず閉じた瞼《まぶた》を、薄く開くと、川の景色は舟の上から見るよりずっと美しく、恐ろしく、生々しかった。苔《こけ》と混じった水は黄とも緑ともつかない、名前も知らない色だ。圧倒され、ごぽ、と吐いた泡が目の前をゆらゆらと、嘲るように上ってゆく。そこに自分の表情が映る。たわんだ球形に貼《は》り付いているのは笑顔ではなく、苦悶《くもん》でもない、何者にもなれない醜男《ぶおとこ》の歪みだ。僕は自嘲的な気持ちで彼を睨《にら》み、内心で吐き捨てる。

——お前なんて大嫌いだ。

顎を引き、四肢を撓《たわ》めるように折り込み、伸びをするように水を蹴《け》った。顔を水面へ出す。ぷはっと息を吸い込む。

波を搔き、水草の一部へ手を伸ばし、どうにか摑む。拳に巻き付け、手繰り寄せる。

「芥川君、今行くから！」

彼の襟を摑み、水面にうつぶせだった顔を持ち上げて仰向けにさせる。青白い。月みたいに綺麗な、でもきっと僕の見えないところは傷だらけの顔だ。

周囲を見渡す。朧《おぼろ》げな霧の向こうに、岸を見つける。大嫌いなこの身体でも、彼を運ぶために漕ぎ出す。前へ。

三

湾のように陸地に入り込んだ円形の川辺だった。そこだけは泉が湧いているらしく、水が澄んでいた。水深は浅く、足元には、流れてくる過程で角が取れたのだろう丸みを帯びたガラス片が、きらきらと反射していた。

石の並んだ川辺に、芥川君を引っ張り上げた。

水を吐かせ、呼吸をどうにか蘇《よみがえ》らせる。

「ん――」

と、芥川君が呻きを漏らす。僕は彼の上体を慎重に起こし、手のひらを背中に添える。先生の葬儀からの帰り道にしたのと同じように。

「ゆっくり、息をして」

ああ、と掠《かす》れた声で彼が答える。それから僕の手をそっと離す。

「ごめん、もう大丈夫だ」

「とりあえず身体を温めよう。幸い、枯草ならそのへんに転がっている。火を起こすよ」

僕たちはこの世界の中であれば、描写によって様々なものを作り出せる。やりすぎた改変は侵蝕者に気取られてしまうから限度はあるけれど、マッチ程度なら問題ないだろう。

立ち上がり、枯草を集めはじめた僕に芥川君が言った。

「ありがとう。僕としたことが、斥候として失格だね」

「斥候？」僕は手を止め、彼を振り返る。

「そういう話だったろう？　著者である君だとこの世界を冷静に見られないかもしれないから、僕が斥候として先を行く。君は少し離れてついてくる」

「そうだっけ」

「憶えていないのかい？」

「ええと」

憶えていない。ここに来てからの記憶はなぜかずっと曖昧だ。夢を見ているみたいに。

言葉に詰まる僕に、芥川君は首を傾《かし》げたけれど、さして気には留めなかったようだ。

「侵蝕者がすぐ近くにいる、という気配はあったから深みへ急いでしまったんだ。でも今思えばそれこそが罠《わな》だったのだろうね。あの嵐《あらし》の中に見えた気もしたけれど、結局、姿は捉《とら》えられなかった。申し訳ない」

芥川君が唇を引き結ぶ。本当に悔しそうに。

そんな彼の青い唇を、僕はじっと見つめる。

「久米？」

「あ、いや、なんでも」

曖昧に笑い、手元の枯草に目線を戻す。「火種は、これくらいでいいよね」

焚火《たきび》はすぐに起こせた。

ふたり、火を挟んで向かい合って座っていた。熱が徐々に膝《ひざ》から全身へ巡ってゆく。

芥川君が両手を火にかざしながら言った。

「久米は、この世界について何か気づいたことはあったかい」

「実は僕もあの嵐の中で、話しかけられたんだ。おそらくは侵蝕者に」

「本当かい？　大きな手がかりじゃないか。なんと言っていた」

「それは――」

話すとなれば、僕が芥川君に抱いている歪《いびつ》な感情も口にしなければならない。それは躊躇《ためら》われた。

「ごめん、そこまでは聞こえなかった」

「そうか」

芥川君は一瞬だけ残念そうにしたものの、すぐに微笑《ほほえ》んで「ありがとう」と言った。

それから周囲を見渡す。

「ここは、どこだろうね。君の小説の中にはない風景だろう？」

「そうだね。けれど、僕の作風とよく似せてはある。ここに来る途中には、僕の記憶を過去に遡るような情景が流れていた。僕をよく知る読者が描いたんだろう」

「心象風景か。理想の心境小説を掲げた君の、信奉者なのかもしれないね」

侵蝕者の多くは、自らが侵した作品の著者に、強い負の感情を抱いている。嫉妬《しっと》や逆恨み、身勝手な自己投影などその詳細は様々だが、必然的に著者をよく知り、影響された世界を作り上げる者が多い。

「綺麗なところだ」

芥川君は目を細め、改めて辺りを見透かすようにした。

「ひょっとすると、この侵蝕者は自分の力を君に見せたかったのかもしれない」

「力？」

「描写力さ。美しい植物、星、夜、それに水。どれも常人の水準じゃない」

僕は思わず奥歯を噛み、言っていた。

「くだらない」

攻撃的な言葉が口を突いて出たことに、自分でも驚いた。芥川君も目を丸くしてこちらを見ている。でも言葉は湯水のように溢《あふ》れる。

「この世界には、メッセージ性がないじゃないか」

「メッセージ性」

「いつの時代も人を感動させるのは、燃え盛るようなメッセージだ。それを描くから小説には価値が生まれ、後世に残るのだろう？　でも、この世界は見栄《みば》えのいい情景描写ばかりに注力していて、肝心のメッセージを感じられない。創作するためだけに創作している、典型的な失敗例だよ」

芥川君は、やはりじっと僕を見つめている。

なるほど、と呟き、考えるように顎に手を当てていたかと思えば、やがて「それはひょっとして、君自身の自己分析かい」と言った。

「え？」

「先ほど君自身が言ったろう、この世界は君の作風に似ていると。君が人を強く非難することは珍しいけれど、その非難がそのまま自己への悲観だとすれば、君らしくも思えてね」

僕は唾を飲み、うつむき、眼鏡を正す。

「言われてみれば、そうかもしれない。ここは、まるで僕自身の弱点を強調したような世界だ。だから好きになれないのかもしれない」

――そもそも、『競漕』という作品自体がそうだ。僕の長所以上に欠点を表している。

ネコは言った。『競漕』には、学生独特の背伸びをした若々しさ、冷静ぶった感情や、レースの盛り上がりと共に冷静さを超えてやってくる昂揚、それらが見事に描かれていると。でも、それだけだ。

「夏目先生にお手紙で褒めていただいた時にも言われたよ――『競漕』は、あれ以上行けない。行く必要がない、そういう作品だと」

芥川君は答えず、しっかりと僕を見つめる。

きっと彼も覚えている。あのとき僕と並んで評価をもらった彼なら。

「あの言葉が激賞の意味でないことは、君にもわかっただろう？　描写だけの私小説だからだ」

実体験を描く私小説は、描写を写実的にしてゆくことはできるが、事実よりも先へは進めない。僕にはきっと文才があった。だがそれしか持っていなかった。

世の作家たちは違う。自らが作り出した世界において、事実を捻《ね》じ曲げる。一般的な価値観を揺るがし、それでも説得力をもって世界を成立させる。

心の機微を読み取る力に長《た》けた芥川龍之介は、本来ならば醜いとされる人の心の一部分を美しく読ませた。彼の世界で死は生以上に、鮮明に映える。綺麗事の光は影を落とし、闇《やみ》こそが妖《あや》しく輝く。それが、作家ということだ。

文学とは、小綺麗な装飾などでは断じてない。世界を反転させる暴力だ。そういう作家に扱われる言葉たちは幸福だろう。本来以上の熱を与えられ、輝きを放ち、後世まで残るのだから。

けれど、僕にはそれがない。

芥川君を困らせてしまう言い方だとはわかっていて、それでも口にしないではいられなかった。

「だから僕は、作家ではない」

小説家にはなれたが、作家にはなれなかった。

僕は本当に長い、芯《しん》から冷えるような息を吐いてから、恐る恐る彼を上目づかいに見た。

すると意外にも、彼は微笑んでいた。苦みなく、彼らしく美しく穏やかに。

「僻《ひが》み屋に見せる癖があるのは、相変わらずだね」

その言葉を咀嚼《そしゃく》してから、僕は小さく声を漏らす。

「……見せる？」

「ああ。君自身だって本当は気づいているはずだけれどね。君は本当は、君自身が思い込んでいるほど傷ついていないよ。だって、君の覚悟は僕よりも遥《はる》かに強固なんだから」

彼があまりに自然に言って、澄んだ瞳で真っすぐに見つめてくるから、僕は戸惑う。

「なにを」

うつむき、眼鏡に触れる。震える指で位置を正そうとするがうまくいかない。

「ばかを言わないでよ。僕は君より、君たちの仲間の誰よりも弱い、凡人なんだ」

「違う。君は僕よりも遥かに強い。そして遥かに純粋な、作家だ」

「出鱈目《でたらめ》だ。同情はやめてくれ」

「同情なんかじゃない。現実を見たままに描く、それがどれほど果てのない道かは、君が本当は一番よく知っているだろう？　空想世界を描くのとはわけが違う。確固たるこの世界に正面から挑むんだ。嘘《うそ》や誤魔化しは一切許されない。かといってただの辞書的な事実を書いたのでは価値がない。それを知っている君は、世界と対峙《たいじ》しても一歩も引かず、君だけの体験、君だけの視点、君だけの心境を描くために、言葉ひとつひとつを正確無比に選び取ってゆく。星を一粒一粒集めて天の川を作るような途方もない道のりだ。しかし、そうして集められた描写の奔流は、だからこそ現実以上にきらめき、さざめき、読者を呑み込む激流となる。行き先は、いまだ見たことのない秘境だ。僕とはまったく違う小説、だが僕が手に入れたくても手に入れられなかった強さを持っているからこそ描ける、君だけの世界だ」

　芥川君が、まくしたてるように、でも美しい旋律を奏《かな》でるように言葉を紡《つむ》ぐ。

　それを聞きながら、僕は自分の呼吸が乱れていることに気づいた。心臓が躍り、鼓動がうるさい。耳の中を血潮が巡っている。体温が上がっている。焚火の向こうの彼が揺らめいている。

彼の薄い唇が開き、夜に澄み渡るような、優しい声を出す。

「僕はずっと、君に憧《あこが》れていたよ」

顔が燃えるように熱い。その熱から逃れたくて、嫌だ、やめてくれ、と叫びたいが声が出ない。思えば、芥川君といるときの僕はいつもそうだった。彼は僕の水分をすべて蒸発させてしまう、天敵だ。僕が僕じゃなくなってしまう。

なのに目の前の芥川君は、僕の内心なんて露知らずといった冷ややかな微笑で、膝先の焚火に枯れ木を差し足しながら、あっけなく話題を変える。

「思えば、こんなふうにふたり、ゆっくりと話すのは久しぶりだね」

僕は掠れる声で、そうだね、と返す。

「久米が、僕を避けるからだよ」

余裕を感じさせるその微笑みに、僕はむっとする。

「君が最初に、僕を追い越していったんじゃないか」

こんなこと、本当は言いたくない。冷静になれ、と自分の袖《そで》を引っ張りたくなる。でも彼を前にすると、言葉が拙《つたな》くなってしまう。

「最期だって、君はわがままに、僕を置いていった。名残だけを僕に送りつけて」

「僕を恨んでいるかい」

「ああ、とても」

「それでも僕は、君に謝る気はないよ」

「いいよ。わかっている」

芥川龍之介は、そういう男だ。

僕が一番近くで見てきた。

僕が一番知っている。

僕が。

「ありがとうね、久米」

「慣れているさ」

「ふふ」

と彼がまた笑う。

そんな無邪気な笑みを見つめて、ああ、まただと思う。また僕は彼にいいようにやられている。惨めで、でも、どこかほっとする。

彼がそばの水辺に視線を落とすから、僕も追って見れば、魚が二匹泳いでいた。どちらも銀の鱗《うろこ》に、浅黄色のラインが入って月のように綺麗だ。互いに向き合い、口をぱくぱくと動かしている。ここでしか話せない談話に興じる友人同士のようでもある。

視線を再び上げる。魚を見下ろし微笑む芥川君の黒々とした睫毛《まつげ》を見つめていると、彼がふいに「今度は」と言った。

「今度は、一緒に漕ごうか」

「え？」

「舟だよ。僕の舟は岩にぶつかって、どこかへ流れていってしまった。だから、少し狭いかもしれないけれど、君の舟にふたりで乗って進ませてくれないかい」

「ふたり」

「ああ、今度こそ侵蝕者になんて負けないさ。君と僕がいれば」

彼がそう言うのなら、そうなのだろう。

身体は温まり、いつのまにか霧は晴れていた。

夜空を見上げる。ぼやけた月も綺麗だけれど、やはり澄んだ寒月の方が美しい。

そうか。僕たちは、ふたりならもっと遠くへ行ける。

そう思った途端に、緊張が解けたのか、ふっと意識が遠のいた。


夢の中で、またあの豪雨の幻と会った。

『これでいいのかい』

と僕の顔をした彼は訊《き》いてくる。

「いいんだ」

と僕は確かな声で答える。

「僕たちの関係は、これでいい」

どちらかが先を行くとか、追い越すとか、そういうことじゃない。彼が進むとき、僕が影で、僕が進むとき、彼が影となる。僕たちは互いに逆へ延びているけれど、足元だけは同じ地点に立っている。

『理解できないな。今の彼が君を認めたところで、今さら世間は君を評価しないだろう。生前に、彼が君を褒めても君の立ち位置が変わらなかったのと同じように』

確かに、芥川君が僕の文章を褒める随筆を書いてくれたこともあった。けれどそんなもの、当時からほとんど誰も重視しなかった。現代でもずっと。

『過去は変わらない。むしろ繰り返す。君はこちらの世界から覚めれば——現実に戻れば、この先もずっと敗者のままだ。夏目先生も、世間も、誰も君に期待しない、停滞した舟の上だ』

「そうかもしれないね」

『なのに、なぜ苦しい現実《そこ》を選ぶんだ』

僕は頬を緩める。

「君は言ったよね。転生させられたことによって、僕がこの世界の苦しみを押し付けられたと。確かに転生は、半分は強制的なものだった。けれど残り半分は、僕が望んだものなんだ」

『なぜだ。芥川に勝つためか？』

「違う」

どうして、生き恥を晒すとわかっていながら現世に蘇り、生きているのか。

その問いは、転生後に百回、僕自身に投げかけた。

そして百回、同じ答えを返した。

「僕は、僕に期待できる人間になりたかったんだ」

だから今日、彼から貰《もら》った言葉があれば、僕はもう少し先まで進んでゆける。

侵蝕者と決別するように眼鏡を正す。レンズに溜まった雨粒が集まり、自重で落下する。

目を覚まそう。

そうすれば今度は、彼とともに漕ぎ出せるのだから。

四

次に瞼を開けたとき見えたのは、心配そうに僕を覗《のぞ》き込む芥川君の表情だった。

彼は最初驚くように目を見開き、それから、

「よかった、意識が戻ったかい」

と安堵《あんど》したように息を吐いた。どうやら彼の腕に抱き起こされていたようだった。

「ああ、ごめん、いつの間にか眠っていた」

「眠って？　何を暢気《のんき》な」

芥川君が身体《からだ》を支えてくれるから、僕はありがとう、と言って上体を起こし、それから周囲を見渡して——

あれ？　と声が出た。

そこは、眠る前までに彼といた場所ではなかった。あの美しい川辺も夜も月も、すべて消え、ただ干上がった岩場が広がっている。

「ここは」

「君が深部まで先行するから、僕たちが慌《あわ》てて追いかけて来たんだ」

「追いかけて？　君、たち？」

言っている意味がわからない。

「でも大丈夫、親玉は倒したから」

芥川君は岩場の一点を指差した。岩が人間大に焦《こ》げている箇所があった。

状況が飲み込めない。

「アンタ、まさか覚えていないのか」

芥川君の後ろから、寛がやってきた。堀君も心配そうに顔を覗かせる。

「侵蝕者による精神汚染でしょうか」

僕は慌てて立ち上がる。芥川君も続いてゆっくりと立った。そして呆《あき》れるような、哀れむような優しい苦笑で言った。

「久米。君、きっと、悪い夢でも見ていたんだろう」

「夢――」

僕の困惑に応《こた》えるように、寛が説明してくれた。

彼が言うには、僕は潜書するやいなや、他の三人に手間をかけさせたくないからと先行して攻略を開始したらしい。

著者がもっとも世界を知っているから理に適《かな》った行動ではあるし、実際、僕は最初、八面六臂《はちめんろっぴ》の活躍だったという。彼らの行く道をどんどんと切り拓《ひら》いた。

しかし、それこそが侵蝕者の狙《ねら》いだった。僕だけが川の本流へと導かれ、残る三人は支流へと強制的に分断された。

それでも三人はどうにか侵蝕者を探し出し、倒し、僕を救出した――

それが、彼らの言う顛末《てんまつ》だった。

「悪いな。俺たちも、止めればよかった」と寛が心底申し訳なさそうに、歯噛みする。

「……いや」

としか言えなかった。

「でも、ご無事でよかったです。分断されたときは絶望しかけましたけれど、芥川さんの勘が冴《さ》えていたんですよ！『久米ならこちらへ向かうはずだ』って、見事に行き先を当ててみせて」

堀君が、尊敬の眼差しで芥川君を見上げている。

「芥川君が」

「一々、言うほどのことじゃないよ」

と、息を吐く芥川君の微笑んだ目は優しい。だが、眠る前に見た彼とはどこか違う。

あの熱がない。

優しいけれど、距離を感じさせる、仮面みたいな微笑みに戻っている。

それで、じんわりと受け入れた。

彼らの言っていることは、本当なんだ。

あの時間は本当に幻で、あのときの芥川君はもういない。

僕は三人に、迷惑をかけた謝罪と、助けてもらった礼を込めて頭を下げた。そこからの帰還は、意識がどこかへ浮いてしまったように非現実的だった。寛か堀君のどちらかに肩を貸され、どちらかに気遣いの言葉をかけられながら、先を歩く芥川君の背中を見ていたように思う。

帝國図書館に帰り、ネコへの報告を終え、館長室を出たあと、背中にどん、と強く、けれど温かな衝撃があった。振り返ると、寛の手のひらだった。

「お疲れさん。今回は災難だったな、随分と疲れた顔だ」

「しばらく休まれた方がいいですよ」と、堀君も気遣う表情を僕に向けている。

「それがいい。補修室のベッドは空いているはずだよ」

と芥川君も続ける。

「ありがとう」

と僕は、弱く呟《つぶや》く。

三人はこれから、また新たな潜書だという。「まったく人使いが荒いぜ」と寛が肩をすくめ、芥川君と堀君が微笑む。

僕はそっと、彼らから離れた。

足は遠くを求めた。

芥川君が決して来ない、けれど僕にしっくりくる場所が必要だった。

長すぎる廊下をひとり歩きながら、一歩一歩、過去を辿《たど》るように思い出し、納得してゆく。そうだ、僕と彼は、はじめから隣同士じゃない。足元は同じでも対極の存在。こちらが現実だ。

意識したわけでもないけれど、向かったのは、浴場だった。

脱衣所で服を脱ぎ、手拭《てぬぐ》いを握り、扉を開いた。熱気と湿気で眼鏡が曇る。それを拭う。幸い、他には誰もいなかった。洗い場で身体を流してから、浴槽に浸《つ》かる。眼鏡を外し、石段に置いた。

湯の流れる音だけが反響する大浴場は、無音よりも静かだった。

芥川君の言葉が脳裏に反響する。

——悪い夢でも見ていたんだろう。

そんなことはない。僕にとって、あの時間は。

そう考えそうになって、目をぎゅっと閉じ、奥歯を噛んだ。

震える声で自分に言いきかす。

「現実を見ろ、ばか」

どこにもいたくなくなって、僕は湯船の中へ髪の先まで沈む。

生き恥を晒している、とあの豪雨は告げた。その通りだ。本当は今すぐにでも消えてなくなりたい。

でも、それはできない。自分で決めたことだから。僕は、僕に期待できる人間になるために、ここを選んだ。

水中で呼吸を止めると、そのぶん鼓動は強く、ゆっくりになる。鼓膜で轟々《ごうごう》と、くぐもった血潮が鳴っている。

文学とは何か。

僕にとってそれは、燃え盛る地獄の中などにはない。炎が燃えているうちは光も熱も大気もある。本当の地獄とは最後の灯火が消え、冷酷な暗闇が広がり、呼吸も叶わない孤独な水底だ。見上げた水面にかろうじて見つけた煌めきを、尊い光だと信じて手を伸ばす者を、お前の見ているものは月の投影に過ぎないと嘲笑い、蹴落とし、再びどん底へと貶《おとし》める、その悪意の名こそが文学だ。

ならば僕は、これを描こう。

幻想はもう信じない。今目の前にある冷たくて、暗くて、苦しいこれだけを縁《よすが》とする。

息が尽きてきて苦悶に顔を歪《ゆが》めると、口から最後の泡が漏れる。のぼってゆくたわんだ鏡面にいつかの秘境が映る。寒月の下、穏やかな水辺から一匹の濁った魚が、激流の川へと飛び出す。魚は途方もない荒波を越えた果てに、燃えるように煌めく魚の背中を捉《とら》える。二匹が横に並んだその瞬間、波が歓声を上げるようにうねり、濁った魚がわずかに頭ひとつだけ、彼を追い越す――そんな情景を虹色《にじいろ》の中に見出《みいだ》し、僕は微笑とも苦笑ともつかない笑みを浮かべる。

これはきっと幻視なんかじゃない。だって僕の両眼は現実だけを見据えるのだから。

二度も蹴落とされたけれど、今は礼を言うよ、文学。

ようやくきみの足首を摑んだ。あとは引《ひ》き摺《ず》り込むだけだ。

おやすみ、カムパネルラ

case 宮沢賢治

一

ミニトマトがぷっくりと膨れて今にも破裂しそうに、けれどひとしずくだって漏らさないようにと辛抱づよく生命力を押し留めている。健気《けなげ》だなあと愛《いと》しくなる。このまま見守っていたくもなる。でもそれではいつか壊れてしまうから、いちばん熟したこの瞬間に、つぶを摘み取り、籠《かご》にそっと迎える。籠の中ではいくつもの命の赤いまんまるが転がり合い、みずみずしく日光を反射している。

「家庭菜園か。不思議と考えもしなかったな」

と、光《みつ》さんが感心したような息を、優しく吐く。

ボクはベランダのプランターで育てているトマトを選別しながら、つい頬を綻《ほころ》ばせた。

「奥が深くて楽しいよ。剪定《せんてい》をどのくらいするか、水をどのくらいあげるか、考えることがたくさんなんだ」

「立派なものだね。本当のお百姓さんみたいだ」

「えへへ、光さんにそう言ってもらえると嬉《うれ》しいな。よければ、おひとつどうぞ」

あらかた摘み終えた中から、とびきりのひと粒を差し出す。

「ありがとう」

と微笑《ほほえ》み、光さんは口に放る。そのほっぺがぽこんと膨らむ。唇がすぼまり、顎《あご》に力が込められたのがわかる。ぐっと圧力がかかると、こつん、と小太鼓の鋲《びょう》でも叩《たた》くような音を立てて弾《はじ》ける。口の中が潤《うるお》いでいっぱいになるところを、ボクは想像しながら、どきどきと感想を待つ。

「うん、おいしい」

「ほんと？　よかった！」

「青みが強いのに嫌な臭《にお》いじゃないね。不思議だ」

「青みは臭みや蘞《えぐ》みとは違って、大地の香りだから、残しておくほうが逆に甘みを引き立ててくれるんだ」

「へえ、さすが賢治《けんじ》さん。博識だね」

「好きなことだからだよ」

「ここでの生活は楽しい？」

「うん！」

「心配事はない？」

「もちろん！」

と言ったボクの目を、光さんの明星色の瞳《ひとみ》が優しく見つめる。

「え、なに？」

「賢治さん、そろそろ打ち明けてみたら？　今日呼び出した理由は、素敵なお裾《すそ》分けだけじゃないでしょう」

光さん――作家、高村光太郎《たかむらこうたろう》の目はいつだって穏やかに細められている。

でも、その瞳の奥にあるのは優しさだけじゃない。彫刻家でもある光さんは、いつだって物事の奥にある本当のかたちを見抜く。

「今回の潜書のこと？」

と訊《き》かれるとボクも、

「……うん」

と頷《うなず》くしかない。

「銀河鉄道の夜。よりによって、賢治さんの代表作が侵蝕《しんしょく》されるなんてね」

有碍書《ゆうがいしょ》にどの作家が潜書するかは、ボクたち自身でなく、司書さんや館長さんといった帝國図書館《ていこくとしょかん》員が決める。最優先されるのはその書の著者、今回ならボクだ。理由は、その書について一番よく知っているから――というのが一般論なのだけれど。

「代表作だなんて。ボクはまだ、あの小説を摑《つか》み切れていないよ」

銀河鉄道の夜は、ボクの没後に見つかった書きかけの遺稿を、有志のみんなが刊行してくれたもの。つまり未完の小説だ。

「生前から今も、推敲《すいこう》を重ねているそうだね」

「どう書き上げたかったか、どうしても思い出せなくて」

転生作家は、生前の記憶がどこか欠けている。

「どうしてなのだろうね。詩――賢治さんの言葉でいうところの心象スケッチなら、今でも書いているんでしょう？」

「うん、そちらは不思議とたくさん書けるんだけど」

「日記みたいなもの、と言っていたものね。君は本来、そのくらい自然に作品を生み出していける、多作な作家のはずだ」

「そんなふうに世間が思ってくれているのも、なんだか不思議な気持ちなんだけどね」

生前に刊行した単行本の数でいえば、ボクは極端に少ない。たった二冊、『春と修羅』『注文の多い料理店』だけだ。どちらも売れ行きはひどかった。当時の世間からボクへの評価は多作どころか、作家として名を知る人さえ少なかったんじゃないかな。

ふと光さんを見上げると、心配そうに眉《まゆ》をハの字に下げているから、ボクは慌《あわ》てて、暗い顔にならないよう努める。

「なんて！　そういうふうに考えていると、明日の潜書、うまくいくかなって少しだけ不安になってさ。でも光さんに聞いてもらえて元気になれたよ。ありがとう。ごめんね！　逆に気を使わせる感じになっちゃって」

笑ってみせると、光さんは頭を振った。

「いや、こちらこそごめんね。今回はついていってあげられなくて」

「気にしないで！　仕方のないことだから」

光さんとはこれまで多くの任務で一緒になったけれど、今回は司書さんたちの差配で外れるらしい。現状では転生してきていない作家も多くて、人手が足りない。

「ただね」と光さんが眉の力を少し抜く。「実は僕、さほど心配していないんだよ」

「え、どうして？」

「中也《ちゅうや》くんがついているから」

中原《なかはら》中也くん。ボクを慕ってくれる詩人だ——後世の詩人、というのが正しいだろうか。彼は生前から、ボクの創作物を人一倍愛してくれた人だった……らしい。

　というのも生前に面識はなく、転生後にはじめて会ったのだけど。

　ボクの詩をいくつも暗記していて、創作においてもボクからの影響を公言してくれている。今回の潜書では彼と会派を組むことになっている。

「実は最近の、賢治さんの異変に真っ先に気づいたのも彼なんだよ。賢治先生を見るときは笑顔を見れればいい。笑おうとして笑っているときは、きっとなにかがおかしいときだ、だってさ」

　ボクは自分の頬をひっぱる。

「作り笑いを、しているつもりはないんだけどなぁ」

「いつだって元気な自分を見せようとは、しているでしょう？」

「……それは、そうかも」

「『人性の中には、かの概念が、殆《ほと》んど全く容喙《ようかい》出来ない世界があつて、宮沢《みやざわ》賢治の一生は、その世界への間断なき恋慕であつた』」

「『宮沢賢治の世界』だね」

　中也くんが生前、ボクを分析して書いてくれた随筆からの引用だ。光さんが頷く。

「これは僕の個人的な推察だけれど、中也くんはあの頃にはもう、君の無私無欲な理想主義を見抜いていたんじゃないかな」

「無私無欲な、理想主義」

「たったひとつの、透明な清潔なものを愚直に追い続ける。けれどそれは自分のためじゃなく、他の誰かを幸せにするため。そのためなら君は、どんな雨風にさらされても、生傷を増やしても、前に進むことができてしまう」

　そうかな？　と自問してみる。

　ボクの文学の道はいまだ半ばだ。だから自分ではわからないことも多い。

　けれど。

「光さんや中也くんがそう言うなら、きっとそうなんだね」

「賢治さんに自覚はないかもしれないね。ただ少なくとも、隣に立つ僕や、背中を見てきた中也くんからすれば、心配になってしまうくらいなんだ」

光さんの揺れる瞳に、なんだかどきっとしてしまう。胸がきゅうとなる。

「そっか……ごめんね。もっと、みんなに心配をかけないようにしなきゃね。教えてくれてありがとう、光さん！」

ボクは笑いかける。今度は心配なんてかけないように、心からの感謝と頑張りを込めて。

すると光さんは目を丸くし、ぱちぱちと瞬《まばた》きをしてから、ふうと息を吐いた。

「……余計に、頑張らせちゃったかな」

「なあに？」

「いや」

光さんは優しく微笑み、視線をふいっと横へやる。気づけばプランターの横でずいぶんと話し込んでしまっていた。

「どうか頼んだよ、中也くん」

そこには、赤々と熟したミニトマトがある。どういうわけか採り忘れてしまったのだろうか？　その実がぱきっと乾いた音を立てたかと思うと勢いよく弾け、瑞々《みずみず》しい液果がボクの足元に散った。

夕飯とお風呂《ふろ》を済ませたあと、図書館の屋上に仰向けに寝て、夜空を見上げた。天いっぱいに火の粉のように散らばった瞬《また》きを浴びていると、宇宙のエネルギーと融《と》け合うような心地になる。果てしない時間と空間の中で星々が命を灯《とも》し、その星のひとつの中にボクがいる。そのボクの中にも、いまだ理解できない灯があって、マクロとミクロは流転《るてん》している。

そんなふうな交感世界を揺蕩《たゆた》いながら、光さんの言葉について考えた。

透明な、清潔なもの。

あれは『生徒諸君に寄せる』という、ボクの遺稿を引用した言い回しだ。きっとあえてだろう。人格者の光さんのことだから、不安なボクが初心を思い出せるよう導いてくれたのだ。

たしかに振り返ればボクは、生前からずっと、透明な清潔なものに憧《あこが》れていたように思う。

それをどこに見出《みいだ》すかは人それぞれだ。たとえば超新星の爆発や、北欧の極光や、太古の地層にそれを見る人もいる。あるいは日常のふとした、きれいな青空や、すきとおった風や、つややかな松や、つめたい雫《しずく》に触れたときにはっとさせられる、あの感情を指す人もいる。

ボクにとってのそれが何かといえば、妹だ。

妹は、ボクにとっての救済だった。

彼女は原義的な優しさを持っていた。誰かの幸いのためなら、自らの身を投げ出せる、健気な子だった。ボクよりも早く亡《な》くなるというそのときにあって、心を汚すことはなく、いっそう純粋に、きよらかに自らの命を燃やした。見返りや下心や打算や自己満足とは最も離れたところにいた。本当は人間のすべてが持ちうるはずなのに多くの人はいつしか忘れていってしまうそれを、彼女は最後の一時まで、しっかと青白い炎のように灯して旅立った。

ボクが理想を愚直に追い続けられていたというのなら、その理想とは妹だろう。

ボクが誰かのために生きられたというのなら、それは妹のためだろう。

ただ、彼女はボクよりも先にいってしまった。

そしてボクは、彼女についても大事なことを忘れてしまっている感覚がある。きっと彼女の死を、まだ受け止められていないからだろう。

銀河鉄道の夜をどう書こうとしていたか、思い出せない理由が、今ようやくぼんやりと自覚できてくる。あの物語は彼女の没後に書いた。テーマに、大切な人との別れがある。でも、この世界のボクはまだ、妹との別れを受け止められていない。だから、どう書こうとしていたかも思い出せないんじゃないか——

ただ、そうなるともうひとつ、どうしてもわからない謎《なぞ》が出てくる。

いわく転生は、半分は強制的なものだけれど、もう半分は本人が望まないと成功しないそうなのだ。つまりボクは、望んで蘇《よみがえ》ったということになる。

どうして？

妹の死を受け止められないボクが、妹のいないこの世界に、なぜまた蘇りたいと思ったのだろう？

それさえもやっぱり思い出せない。宮沢賢治として、一番大切な部分を思い出せないから、不安の煤煙《ばいえん》が心に蔓延《まんえん》してくる。

息苦しさから逃れるように夜空へ手を伸ばす。星に重なるボクの指は幼く、か細く、頼りない。少女みたいだ。自然と妹を連想する。どうせ転生するなら、ボクよりも彼女のほうが——そう考えそうになり、とっさに指を握り込んだ。

「だめだ」

そんな弱音を吐くのは、ボクが生きる理由を、もう一度思い出してからだ。

振り払うようにぎゅっと瞼《まぶた》を閉じると、網膜に星の光が淡く残る。

でもそれもやがて、墨に囲い込まれるように暗く染まってゆく。

そうしてボクの意識もまた、いつしか闇《やみ》に融けていった。

二

　ゴウンゴウンゴウン、と足元から響いてくるものがあった。海底火山のみじろぎ、単弓類のダンス、電信柱の行進、どれをも連想させるけれど、どれとも違う身近な音だ。なんだろう？　と耳を澄ましたところで、がくん、と体が揺れた。ふらつく感覚でとっさに手を伸ばすと、固いものに触れた。反射的に掴む。同時に目を開く。

　列車の中だった。

　ボクは両足で立っていた。手は座席の背もたれを握っていた。青いびろうどを張った腰掛けだ。ごとんとまた大きく揺れて、バランスを崩しそうになり慌てて足の指に力を入れてこらえる。

　頭がぼんやりとしていた。

——あれ？　なんでこんなところに。

まばたきを二度して、前方の少し離れた席に子供が座っていることに気づく。

その子は窓枠に頬杖《ほおづえ》をつき、外を見ていた。

横顔に、息を飲む。

ボクとうり二つだった。似ている？　いや、同じだ。同じ顔。でも白い。色白、という程度じゃなくて、髪の毛や服まですべて、色素が抜け落ちたように純白だ。

不気味とは感じなかった。神秘的な雰囲気に、本能的に惹《ひ》かれた。背もたれを順に握り、その子の席まで歩み寄る。

「あの」

「なに？」

とその子はこちらを向く。それでボクは思わず「あ」と声を出す。女の子だ。ボクにとてもよく似ているけれど、女の子。曇りのないほっぺたが雪まんじゅうみたいだった。瞳だけは、きれいな青白色を湛《たた》えていた。

「えっと、急にごめんね。ここは、どこだろう」

「銀河鉄道の夜だよ」

「え」

頭が真っ白になる。え？

窓の外に目をやる。夜だ。明かりが遠くにちらほらとあるけれど、知らない景色。少なくともボクたちの住む帝國図書館の近所じゃない。

記憶を辿《たど》る。ボクは今夜、屋上で星を見上げていたはずだ。それから瞼を閉じて、まどろんで、えっと……ほっぺをつねってみる。痛い！

「ふふ、それ、本当にやる人はじめて見た」

と少女は口元を緩める。

「現実、なんだね……」

眠っている間に、どういうわけか潜書してしまったらしい。

がたん、と列車が揺れる。またふらつき、背もたれを強く握り直す。

「とりあえず座れば？」少女が、自分と向かい合わせの席を顎で指す。

「ありがとう」ボクはよろつきながら腰を下ろし、帽子を取る。「挨拶《あいさつ》が遅れちゃってごめんね。はじめまして、ボクは宮沢賢治」

「ご丁寧にありがとう。でもはじめましてじゃないよ。ひさしぶりだね、賢治」

「え、だれ？」

「私はカムパネルラ」

「カムパネルラ？」思わず声が裏返る。「カムパネルラって、あの？」

「うん」

ボクはのけぞり、もう一度、彼女を見つめる。

「全然ちがうけど」

そもそもカムパネルラは男の子だ。

「あなただって、見た目はぜんぜん宮沢賢治じゃないじゃない」

「それはそうだけど」

手に汗をかいていた。帽子を強く握っていたせいでつばが折れていることに気づき、慌てて直す。

「ええと、つまりここは既に有碍書の中で、キミはその『登場人物』ってこと？」

有碍書の中にいる役者《キャラクター》は、作家を除けば三種に分けられる。侵蝕者か、侵蝕者の眷《けん》属《ぞく》か、作中の登場人物か。

侵蝕者は、作品を侵している犯人にして黒幕だ。だから普通、こうしていきなり目の前には出てこず深い場所に潜んでいる。討伐されないために。

そんな彼らの世界にどんな文意《メッセージ》が込められているかを読み解くことで、彼らの潜伏場所を暴《あば》き、ときには弱点を見抜き、討伐するのがボクたち作家の仕事だ。

とはいえ彼らは、眷属や登場人物を使って、ボクたちの邪魔をする。

眷属かどうかは、ひと目でわかる。黒々とした洋墨《インク》を纏《まと》った化け物のような形態だから。

となると目の前のこの少女は、残るひとつ、登場人物ということになる。

「うん、そうだよ」と少女は頷く。

登場人物はオリジナルの世界観のまま存在している場合も多いけれど、こうして外見が変えられているのなら、そこには必ず侵蝕者の意図が絡《から》んでいる。つまり、攻略を邪魔する役割を与えられている可能性が高いわけだ。

「もしかしてだけど、キミはボクの敵？」

「そんなわけないじゃん。私はカムパネルラだもん」

「だもん、と言われても」

「カムパネルラは人の役に立つためにいるの。原作でもジョバンニと確かめ合うでしょう」

「なんて？」

「みんなの幸《さいわい》のためならば僕のからだなんか百ぺん灼《や》いてもかまわない」

ああ、たしかに。

献身的で、高潔で、愛おしい、ボクにとって理想的な人物像がカムパネルラなのだ。

「だから私は、あなたの手助けをするの」

「え、侵蝕者に改変された登場人物が、作家に協力するなんて聞いたことがないよ？」

「でも私は、カムパネルラだから」

「そんな、決め台詞《ぜりふ》みたいに言われても……」

「現に今、あなたの疑問に答えてあげているでしょう？」

「……それは、うん、そうだね」

不思議だ。

けれど、わざわざボクから敵対する理由もない。この子の事情がどうであれ、登場人物と言葉を交わすことは大切だからだ。会話から侵蝕者の文意を読み取れる可能性がある。

「じゃあ、あといくつか質問をしてもいい？」

「はいどうぞ！」と彼女は話をふる司会者みたいに、手のひらをこちらに見せる。

「ボクは寝ている間にこの世界に入っていた。この原因を知っているかな」

「有碍書の方から、あなたを引き込んだのだと思う。つまり侵蝕者のしわざ」

「そんなことが可能なの？」

「特定の条件を満たせば可能だと侵蝕者は言っていたよ。星の綺麗《きれい》な夜、ある時刻に眠っている人物だけを引き込むんだって」

前例を聞いたことはない。でも有碍書は未《ま》だ謎が多く例外ばかりだ。あり得ないなんてことはあり得ない、とも言える。

「キミは侵蝕者と会ったことがあるの？」

「うん、居場所も知ってるよ」

「え、どこ？」

少女は、窓の外に目をやった。

「あの三角標が見える？」

ボクも窓の外に目を凝らす。

暗がりに、すすきが銀の火花のようにたなびいていた。その先に青白い燐光《りんこう》を纏った林があり、林のさらに先に、三角形にそびえる鉄骨じみた塔の影が見える。塔のほとんどは黒いシルエットだけれど、上部は林よりも強い青白色の光を放っていて神々《こうごう》しい。

「あの塔のてっぺんにいる」

「不幸中の幸いだ。場所がわかっているなら、あとは弱点を見つけて討伐するだけだ」

ただ、ひとつ気にかかる。

「この列車はどんどん遠のいているみたいだけど」

「そういう路線だから。時計は今、何時？」

「時計——」

言われてみれば、三角標の胸のあたりにまん丸の大きな針時計が設けられている。

「七時四十五分。ボクが屋上で星を見上げていたくらいの時間だね」

つまり、この時刻に眠っていると有碍書に引き込まれるということだろう。なんだか中途半端《はんぱ》な時刻設定だ。

「八時三十分までにあのてっぺんに着かなければ、タイムオーバー。この列車が目的地に着いてしまうの」

「目的地って？」

「死者の世界」

「えっ」と息をのむ。「それはつまり、このまま乗っていると」

「死ぬ、ということよ」

「こまる！」

「こまるよね。でもそういうルールなの」

「なんでキミはそんなに冷静なの」

「だって私は、カムパネルラだから」

と、彼女は青白い瞳を細め、優しく微笑む。

ふと、その表情に懐《なつ》かしい記憶がフラッシュバックした。そこでようやくボクは、侵蝕者の意図にはっと気づく。――カムパネルラ。主人公ジョバンニをおいてひとり天上へ昇った、大切な友人。そのキャラクターを少年でなく少女に変えた文意。

――この子は、ボクの妹か。

おそらく侵蝕者は、カムパネルラのモチーフとなった妹を、より妹らしく――ボクと似た顔を持つ無邪気な少女に近づけることで、ボクが見ないようにしていた妹の死という記憶を思い起こさせようとしているのだ。ボクの戦意を砕くために。

奥歯を噛《か》む。最低だ。怒りに叫びたくなる。

けれど、取り乱しては侵蝕者の思うつぼだ。ふう、と息を吐き、帽子をかぶり直す。立ち上がり、周囲を見渡した。すると少女が、ボクの心を読んだみたいに言った。

「この列車からは出られないよ」

「どうして？」とボクは振り返る。

「扉は固く閉ざされているの」

車両の扉に目をやる。レバー式のロックが重々しくかかっている。

「じゃあ、窓からは――」と言いながら窓に手を伸ばす。が、留め金が堅い。「だめか。他の車両へは行けないのかな」

「連結部の扉も開かないの」

「なんてことだ」

「第一章から打つ手なしって感じだよね」

打つ手なし。確かに、侵蝕者はそれを望んでいるのだろう。ボクが諦《あきら》めて、妹とともに死へ向かう列車に大人しく乗っていることを。でも。

「そうとも限らないよ」

「え？」と少女がボクをうかがう。

「もうひとつだけ訊かせて。さっきキミが言った、侵蝕者の設定した条件を満たしてさえいれば、ボク以外の作家がこの世界に来ている可能性も――」

そう言った直後、轟音《ごうおん》が響いた。少女の背後、車両連結部へと繋《つな》がる扉が真っ赤に爆発したのだ。黒煙がもくもくと車内に溢《あふ》れてくる。

煙の向こうにはぽっかりと扉の形に開いた大穴が見えた。足元には扉の残骸《ざんがい》が転がる。

その瓦礫《がれき》を邪魔くさそうに蹴《け》り飛ばしながら、人影が現れた。

「あ、賢治先生じゃねえか！」

爆煙は車両の床を這《は》うように拡散し、人影の顔が見えてくる。

「中也くん！」

とボクは声を上げ、彼に駆け寄る。

中也くんは黒いソフト帽を片手で押さえながら、いたずらっ子のような笑みで歩いてくる。

「いっやあ、焦《あせ》ったぜ。気持ちよく寝てたはずが、ふと目覚めたら知らない列車の中なんだからよ。これ、侵蝕者の仕業か？」

「うん、特定の時間に眠っている作家だけを引き込むらしいんだ」

「まじかよ。なんでもアリだな」

「でも中也くんに会えてよかった」

「ああ」と中也くんは唇の片端だけを吊《つ》り上げて笑う。「オレもだ」

「他の人たちは？」

「いねーみたいだ。反対側の車両から順繰りに見て回ったが、ここが最後だった」

「誰？」

と背後から声が聞こえた。振り向けば、少女が目を丸くしている。

「こちらは中原中也くん。ボクの友達だよ」

「先生、こいつは？　なんで先生と同じ格好してんだよ」

「彼女はカムパネルラ」

「カムパネルラぁ？」

と中也くんは不審そうに顎を突き出すと、肩を怒らせて少女に近づき見下ろした。

「嘘《うそ》つけ。女じゃねえか」

「嘘じゃないよ」と少女が言う。「それより、今のどうやったの？　なんでこの列車の扉が開けられたの」

「はっ、そんなの簡単だ。これだよ」

と、彼は足元に瓦礫と一緒に転がった真っ黒な酒瓶を蹴とばす。

「寝るときに抱えたまんまだった酒も一緒に転送されたから、アルコールを爆薬に作り替えた。うんと高《たけ》え酒だったのに、おかげで全部使い切っちまったよ」

「描写の衣《ころも》っていうんだ」とボクが補足する。「ボクたち作家は、頭の中で文章を練り上げ、有碍書に書き加えることで、その世界に干渉できる」

「そんな、無敵じゃん！」

「ああ、そうだぜ。崇《あが》めな」

「いや、無敵ではないんだ。これにはこれで制約があるから」

「……賢治先生の言うとおりだ。勘違いすんなよな」

「洋墨をイメージしてもらえばわかると思う。使用量に限度がある。大がかりな加筆修正をしていては、すぐに力尽きちゃう。だから爆薬を作るならアルコールを、というふうに、既にあるモチーフの中で近しいものを活用した方がいい。他にも、描写の衣には大きな弱点もあるんだけど——」

　ボクは窓の外の時計を見る。七時四十八分。

「一から説明している時間はないね。中也くん、ボクらは八時三十分までにあの塔にいる侵蝕者を倒さなければ、お陀仏《だぶつ》らしいんだ」

「なんだって！　やべえじゃねえか」

「うん。でもボクたちふたりなら、行けると思う。力を貸してほしい」

「ふたり。オレと賢治先生で……」

　ボクは中也くんを見上げ、頷く。中也くんが鋭い目で見つめ返し、にやりと笑った。

「おう、もちろんだ！」

三

「つまり、外への扉をぶっ壊すもんを作ればいいってことか？」

「うん、ただまずは列車を止めないと。このまま飛び降りたら怪我《けが》をしてしまうかもしれないし、最悪、足場がないかも」

「そっか、ここは夜空の上か……ならどうする？」

「ふたりで描写を重ねるんだ。そうすれば、ひとりずつの消耗は小さくても、大きな現象を作れる。特に、ボクと中也くんが共通して得意な描写だと、負担が少なくて済む」

「得意な描写？」

「うん。正直気分は乗らないけど……これしかない」

　ボクは窓ガラスに手のひらをぴったりと付け、瞼を閉じる。そして想像する。空から降るいくつもの雨がもっと天高くで冷やされ、結晶となる様を。情景を描くにふさわしい言葉を。

　——桔梗《ききょう》いろの空から、それははじめ、すわりすわりと舞いおちてきました。酵母めく朧《おぼろ》げな光をひとつ、ふたつ、と指さしかぞえているうちまたたくまに、それはたがいに引きよせられた椋鳥《むくどり》のように風のすき間を押しあって、しぎゅらしぎゅらとさわがしく飛び交いはじめます。

「うそ、雪！」

と少女が言うから、ボクは瞼を開けた。

窓の外では、風に煽《あお》られた白雪がちらつき始めていた。

「なるほどな」

と中也くんも同じようにする。彼は彼の言葉で。するとまたたくまに雪は吹雪へと変わる。

ぎぎい、と金属を擦《こす》るような音が鳴り、身体《からだ》がぐうんと前後に揺さぶられる感覚があった。足を踏ん張る。やがて、ググ、ゴゴウ、と列車は鈍く呻《うな》りを上げて、速度を落としてゆく。

列車のスピーカーがザザとノイズを鳴らし、機械的なアナウンスを流した。

『天候不良のためしばらく停車いたします』

扉の重々しいロックも瓦礫を元に作ったハンマーで壊した。ドアのとっかかりをぐっと引くと、隙間《すきま》風《かぜ》が吹き込んでくる。冷えが指先から腕を走り、襟首に侵入する。ぶるっと震えながらも、扉を一気に開けた。

真っ白な世界だ。夜の果てまで。

先ほど窓から見た銀色のすすきが白を被《かぶ》って、いっそうみずみずしく光の粒を振り撒《ま》いていた。足元も白い。雪が積もっているということは、足場はあるのだろう。

「ちょっと待て先生。よく見りゃこれは」

中也くんが足元の雪に目を細める。ボクも同じようにして気づいた。

雪は天から落ちてきているのではなかった。足元から頭上へ、舞い上がっているのだ。

「……逆向きに降ってる？」

「ああ。足元の白いのも、積雪じゃないぜ。弾力のある雲だ」

中也くんがしゃがみこみ、指で押してみせる。

「一応、歩けそうではあるが、不思議な世界だ」

「銀河鉄道だから、かな」

「これも文意ってヤツかな」

「ねえふたりとも、分析している時間はないかも」

と、少女が遠方の三角標を指す。

「七時五十五分」と中也くんが顔をしかめる。

「急いだほうがよさそうだね」

ボクらは飛び降りるように雲へ踏み出す。自重で、足首近くまで浸《つ》かった。でも地上へ落ちていったりはしない。白い息を吐くと、その息は頭上へは昇らず、逆に足元の雲へと吸い込まれてゆく。

と、その直後に足元からジュワリと、黒い染《し》みが浮かび上がってくることに気づいた。見覚えのある色に、びくっと反射的に飛びのく。ほぼ同時に、黒い影が雲を突き破って飛び出してきた。全身に洋墨のような液体を纏った、羊に似た獣だ。一、二、三体。

「中也くん、眷属だ！」

叫びながら、ボクは腰のリボルバーを抜く。

描写の衣は便利だけれど、致命的な弱点がある。使えば使うほど、自分の居場所を眷属に教えることになり、引き寄せてしまうのだ。

眷属の獣は真っ先に、少女へと飛び掛かってきた。

「さがってて！」

ボクは彼女の前に出て、獣の脳天へと素早く照準を合わせ、引き金を絞った。遅れて銃声。獣は洋墨を噴き上げ、雲に沈む。白が黒に染まる。

「こんの、迷子ぶった骨の分際でよ！」

中也くんも彼の仕掛け銃を抜いている。二体目、三体目を手早く射抜く。その残滓《ざんし》も雲に落ち、黒い煙となって夜風に紛れていく。

しかし、その合間に新たな敵影が雲の中で蠢《うごめ》いていた。

「まずいな」と中也くんが溢《こぼ》す。

「ここから離れよう」

ボクらは脱兎《だっと》のごとく、雲の上を駆け出した。

三角標めがけて走ると、じきに青白い光を纏った林に入った。ある程度深くまで進んだところで、はあ、はあ、と呼吸を落ち着けながら、後ろを振り返る。眷属の影はもうない。

「振り切ったかな」

「一応、な」

枝葉の隙間から微《かす》かに、先ほどまで乗っていた列車の灯が見えたけれど、まだ運行は再開していないようだった。

周囲の木々を観察した。

青白い光の源は、花と葉だった。花は山桜か辛夷《こぶし》に似た白色に発光している。枝についた羽状複葉は、星明かりを宝石みたいに青く屈折させ揺れていた。幹も心なしか白ばんでいて、そこから砂糖細工のような乳白色の樹液がとろうりと垂れている。木のそばをそそくさと走る、温かな光もあった。なにかと見れば、黄金《きん》のまるい光を持ったリスだ。木陰から物珍しそうにこちらをうかがっていたけれど、やがて前方へと走ってゆく。

前方の枝葉の隙間からは、三角標の青白く強い光がちらちらと覗《のぞ》いている。行くべき方角は見失わないで済みそうだ、と少し安心する。

「にしても、なんだったんだ？　さっきその女、眷属に狙《ねら》われてたぞ」

中也くんが少女を振り返って言う。少女の身は、中也くんとボクで挟むようにして守っている。

「たしかに、登場人物が作家よりも優先して狙われることは、普通ないよね」

「私が死んじゃうと、この有碍書の侵蝕が完了してしまうの」

「「え！」」

「カムパネルラが天上へ昇るとき、物語は終わる。そう侵蝕者は言っていたよ」

「最初に言えよ！　さっき危なかったじゃねえか」

「ご、ごめん！　伝える間もなく襲われちゃって」

「つまりオレたちは、おまえを守りつつ侵蝕者も倒さなきゃいけないってか……」

――なんて残酷な。

侵蝕者は、妹を精神的な揺さぶりに使うだけじゃない。目の前で殺すつもりなんだ。そうして絶望を再び味わわせる気だ。今度こそ立ち直れないように。

ボクは振り払うように頭《かぶり》を振り、努めて明るく笑った。

「大丈夫！　ボクたちならできるよ」

「ああ、できるだけ力を尽くすさ。でもよ」

と中也くんは冷静な、鋭い目をする。

「万が一、賢治先生の命と、この女――銀河鉄道の夜の奪還を天秤《てんびん》にかけなきゃいけねえ時がきたら、そのときオレは前者を取る。それだけは今のうちに言っておくぜ」

「……中也くん」

「先生は優しい人だからよ、自分の身を犠牲にしてでも、こいつや作品を守りたいだろう。その気持ちはわかる。だがそんな賢治先生を守ることが、転生後のオレにとっての、生きる理由のひとつなんだ。こればっかりは先生自身にも邪魔させねえ」

生きる理由――ああ、そうか。

中也くんは既にそれを見つけているのだ。

彼の言葉は素直に嬉《うれ》しかった。でも同時に、それを思い出せていないボクからすると、彼もまた透明な清潔な存在に見えて、眩《まぶ》しかった。

少女をうかがうと、彼女は遠い景色でも眺めるみたいにボクたちを見つめ、優しく微笑《ほほえ》んでいるだけだった。

四

白い岩が不規則に点在した、開けた場所に出ると、雪が少し弱まった。雲の上に岩が堆積《たいせき》しているから、舞い上がる雪を押しとどめているようだった。

「物理法則を無視しているのか守っているのか。つくづく独創的な情景だな」

ボクは中也くんが踏んでいる岩に歩み寄り、石ころのひとつを摘まみ上げた。

「これ、苦土橄欖石《フォルステライト》だ」

「ふぉる、なんだって？」

「上部マントルを構成する鉱物だよ。隕石《いんせき》にも多く含まれている。ここまで不純物の少ない、真っ白なものは珍しい」

「へえ、さすがは先生、博学だな。じゃあここは星の墓場ってわけか」

「星の、墓場」

「だって、隕石が落ちてきた場所なんだろう？」

中也くんがあたりを顎《あご》で指す。純白の岩が砕け、転がっているさまは確かに、骸《むくろ》にも見える。ぶる、と身震いがくる。

「汗が冷えてきたね」

ボクは言って、自分の外套《がいとう》を少女にかけた。

「え、悪いよ」

「いいんだ。使って」

彼女はなおも首を振ったけれど、ぐっと押し付ける。すると背後でチッと中也くんの舌打ちが聞こえた。そちらを向くと、彼も外套を外してボクにかけようとしている。

「え、いいよそんな！」

「これも、オレが生きる理由だ」

「生きる理由を軽く持ち出しすぎだよ！」

「そう言ってくれるな。こう見えて結構重いぜ？」

「そういう意味じゃなくて。潜書を手伝ってもらっているだけでも申し訳ないのに、ハッ」クシュン！　とくしゃみが出る。

「ほら」と中也くんが笑う。

「ごめん」とボクは鼻をこすりながら、恥ずかしさをごまかして彼の外套を深く掛けなおす。「ありがとう」中也くんのそれは、確かに見た目よりもずっしりと重かった。

「この乾いた空気じゃ喉《のど》をやられちまうな。かといって天候を戻すわけにはいかねーし」その行為が再び、眷属を呼び寄せることになるからだ。「火を起こすか？」

「いや、無理に起こそうとすると予想外に力を使っちゃうかもしれない。標高が高いから」

「ああ、なるほど。ならせめて、水を作ろう。雲からなら簡単に抽出できるだろう」

「そうだね」

「盃《さかずき》が必要だな。丈夫な木の葉を集めてくる」

「ボクも行くよ」

「いや、先生はその女の護衛を頼む。なにかあったら互いに大声を出して知らせよう」

「うん、ありがとう」


中也くんが林の中へと入っていくのを見送ってから、ボクと少女は近くの岩場に座った。足元から頭上へと昇ってゆく雪を眺める。

「ごめんね、キミを巻き込んでしまって」

「どうしてあなたが謝るの？」

「カムパネルラを生み出したのはボクだから」

「考えすぎだよ。たしかに始まりはあなただけど、それを歪《ゆが》めて私を作り、役割を与えたのは侵蝕者《しんしょくしゃ》」

役割。なんのために生きるのか——

「ねえ、カムパネルラ」

とボクは思いきって切り出した。

「キミは生前の記憶を持っているの？」

少女は一瞬、驚いたように目を丸くした。けれどやがて微笑み、頷《うなず》いた。

「うん」

「それは、ボクの妹の記憶ってことだよね？」

彼女は笑顔のまま頬をかく。「いつわかったの？」

「最初から。そんな顔をしていたらわかるよ」とボクは微笑む。

カムパネルラを少女に、宮沢賢治そっくりの顔に作り変えてしまったら。

「ボクはキミのことを、もっと知りたいんだ。聞かせてくれないかな」

妹の死を受け入れられていないボクは、記憶に蓋《ふた》をして思い出さないようにしていた。

それどころか、現在に残っている記録もまともに開けていない。

理由はやっぱり、受け止められない気がしたからだ。

そのくらい、ボクにとって妹は高潔な存在だった。

けれど銀河鉄道の夜を救いたいのなら、この作品を完結させたいのなら、向き合わなければならないだろう。

「いいけど……でも私の記憶は、侵蝕者が作り上げたものだよ？　事実が捻《ね》じ曲げられているかもしれない」

「それでもいい。キミの口から聞きたいんだ」

侵蝕者が作った妹。その口から語られる言葉は、この有碍書の世界においては真実だ。

侵蝕者の文意であり、侵蝕者の弱点を読み解く鍵《かぎ》となるかもしれない。

「といっても、私もほとんどの記憶は与えられていないんだけど……ただ唯一《ゆいいつ》憶《おぼ》えているのは、熱い激情」

「激情」

「私には、好きな人がいたの」

ボクは息を呑《の》む。初耳だ。はじめて、ボクの知らない彼女に触れる気がする。

彼女は澄んだ声で、しんしんと続けた。

「その人にとって私が特別な存在でないとはわかっていた。でも私はその人のためなら、自分がどうなろうと構わないと思ったの。だから焦がれるままに身をやつした。でも決して、自分が彼に与えている、なんて驕《おご》りはなかった。あくまで、そうしたいと思ったからそうしただけ。あのときの私は、心の芯《しん》から人のために生きられる気がしていて、そういう気持ちに自然となれたことに、自分でも驚いていた。と同時に、どこかほっとしてもいた。ああ、私はこういう行いをできる人間だったんだ、と自分をはじめて、少し好きにもなれた」

「素敵だね」

「でもあるとき、彼が私のことを他の女性に悪く言っている、と人伝《ひとづて》に聞いた」

ボクは自分の微笑みが強張《こわば》るのがわかった。

「その言葉の内容は、細部までは知らないけれど、少し聞くだけでも傷つくに充分なものだった。途端にすべてが反転した。なんの見返りも求めていないつもりだったし、私が特別な存在でなくてもいいとも思っていた。はずなのに、そんなのはすべて建前だと気づいた。本当は心の奥底で、私は彼に求めていた。程よい距離を保ち、愛を言葉にしないまでも、心では繋がっている関係を。都合のいい幻想を。本当は、いい人のふりをしただけの打算的な女だったの」

「それは少し、違うんじゃないかな」とボクはつい口を挟む。「悪く言われたら誰だって傷つく。それだけのことだよ。打算とは違う」

「ありがとう。でもこういうことって自分がいちばんよくわかるでしょう？　私の恋は、恋じゃなくて、鏡に映った自分の理想を求めただけ」

「でも、理想を求めるのは――」

　悪じゃない。そう言いかけて、言葉に詰まる。

「なに？」

「……いや」

　ボクは理想である妹のことを、今まで知らなかった。思い出そうともしなかった。そんなボクが理想を語る資格はないだろう、そう気づいた。

　ボクから妹に伝えられる言葉は少ない。目の前のこの少女は妹本人でさえない。わかっている。それでも、せめて、これだけは言わなければならない気がして口を開いた。

「ボクは、キミだけをひとり、先にいかせてしまった。そのことと向き合いきれなかった。ごめん」

　帽子をとって頭を下げる。

　少女は、少し笑ったような声で答えた。

「あなたらしい。でも気にしないで、本当に。私はむしろ、あなたに感謝しているくらいなの」

「感謝？」と顔を上げる。

　彼女は青白い瞳《ひとみ》を揺らめかせ、微笑んでいる。

「だってあなたは、私を書いてくれたでしょう？　作品の中に描かれた私は、本当の私以上に素敵な存在として後世に残れた。あなたのおかげ。創作者であるあなたの理想は、私のわがままな恋とは違う。人を救える力だよ」

　ボクはなんだか泣きたい気持ちになってくる。

　ああ、たしかに侵蝕者は最適な攻撃方法を選んでいる。この子はまるで本物みたいに、理想の妹だ。優しく、慈愛に満ちた子だ。でも、それらは侵蝕者がボクの心を折るために作り出したもの。最後に殺し、絶望を味わわせるためにだけ配置された、役者《キャラクター》なのだ。

「わかってる。私が何を言っても、あなたが救われることはない。むしろあなたを追い詰めることになる。でも、どうしても伝えたかったの。ごめんね」

「ボクは今、キミをこの世界から連れ出せたらいいのにと思っているんだ」

もちろん、そんなことは絶対にできない。こう思っていることこそが侵蝕者の目論《もくろ》見《み》通りだ。下唇を噛む。

「気にしないで」

なのに一番辛《つら》い役目を負わされている彼女は、優しく目を細め、なだめるように静かな声で言った。

「私の役目は決まっていたことだから。最後には別れて、主人公を正しい世界へ送り返すの。だって私はカムパネルラだから」

彼女がボクの背後を慈《いつく》しむように見る。

振り返ると、中也くんの影が快活に手を振っていた。握られた大きな葉が、白い靄《もや》をうちわのように払って、きらきらと空気を輝かせていた。

五

青白い三角標の明かりを頼りに進んだ。

周囲に生えている木の数が減ってきて、やがてほぼ等間隔に、ボクらの左右に黒い影を並べた。しばらくは並木だと思い込んでいたけれど、じきに雪が弱まってくると、いつのまにか電信柱に変わっていた。

最後の電信柱の門を越えた先に、三角標は聳《そび》えていた。

近づいてみて初めてわかった。それはいくつもの列車が編み細工のように交錯し形作ったものだった。廃線の車両だろうか、黒々とくすみ、もう役目を終えたのであろう何両もの残骸が絡み合い、折り重なり、鉄骨の役割を果たしながらも織り上げられ、ひとつの巨大な尖塔《せんとう》を成している。

「なんて不気味な」

と中也くんが顔をしかめる。

「バランスが滅茶苦茶《めちゃくちゃ》な、出来損ないじゃないか」

たしかに、歪《いびつ》な形だ。心地よいもの、整ったもの、完全なもの、の逆。

でもボクは圧倒されていた。あたかも未完成なそのかたちには、不思議と超自然的なエネルギーが宿っている。遺伝子の奥底を震わす、叫びのようなものが感じられる。

——これが、ボクの敵が作り出した描写なのか。

「八時二十四分」

と、少女が時計の文字盤を見上げて言う。

「おい先生、中に階段があるぜ！」

中也くんが鉄の脚の隙間を縫うように頭を突っ込み、内部をうかがう。ボクも同じようにしてそれを見つけた。階段の先は突き当たりまで行くと真横へ折れ、次の突き当たりまで続く。そしてまた次の突き当たりへ。四角い螺旋《らせん》階段だ。闇《やみ》が深くて終着点は見つけられない。

「どこまでも、続いていそうだね……」

「ああ。だが必ず終わりはある」

中へ入ると、三角標の陰で闇がうんと濃くなった。一瞬、なにも見えなくなり、少しあって目が順応する。内部から見渡す塔はなおさら歪で、鉄の腸《はらわた》に取り込まれたようだ。

中也くんが階段の一段目に踏み出した途端、ギギギイ、ガコン、と金属製の仕掛けが稼働《かどう》するような音が空洞内部に響いた。背後からだ。振り返れば、大きな鉄筋が組み変わり、先ほど入口だった穴が塞《ふさ》がっている。

「っ、閉じ込められた！」

「別にいい。どのみち退《ひ》く気なんて——」

中也くんが言いながら前方に向き直る。

と同時に、黒い影が彼の前に飛び出してきた。

彼は反射的に片腕を前へ出す。キイン！　と彼の銃になにかがぶつかった音が反響する。

鉄骨に擬態していたのか、鉄骨自体が人型の姿を取ったのか、とにかく金属製の巨大なカカシのような異形だった。洋墨を纏った歪な造形から、眷属《けんぞく》だと一目でわかった。

「新種か。いよいよ終わりが近そうだ――っと」

摑《つか》みかかってくる眷属の腕を、中也くんが銃弾の威力で弾《はじ》く。

だがダメージが通っている様子はない。ボクも加勢しようとしたところで中也くんが叫ぶ。

「賢治先生、あそこを！」

中也くんが顎で階段の先を示す。

階段の途中に、扉のように長方形に切り取られた闇があった。闇は鼓動のように、どくん、どくん、と脈打つと、その歪《ひず》みの中からぬめりとした黒い塊を捻出《ねんしゅつ》した。

黒ずんだ子供だ。

灰色の肌に、真っ黒な髪。

でもその姿もまた、ボクとうり二つだった。

「侵蝕者だ」ボクは呟《つぶや》く。

「演出過多な登場だ」中也くんが舌打ちをする。

直後、ガコン、と今度は時計の文字盤のあたりで音がした。針が進んだのだ。八時二十五分。

「まずいよ、時間がない！」少女が叫ぶ。

ほぼ同時に中也くんの銃声が再び鳴った。カカシの手を食い止めている。

「ちい、先生たちはあいつの元へ！」

確かに、ここでふたりともが鉄のカカシの相手をしていると時間切れだ。

ボクは頷き、彼が一瞬だけ作ってくれたカカシの隙を突き、その長い脚と脚のあいだを、少女の手を引きながら潜《くぐ》り抜ける。

「中也くん、どうか無事で！」

叫ぶと、彼はカカシの骨組みの隙間から、にやりと白い歯を覗かせ笑ってみせた。

ボクと少女は侵蝕者のもとへと駆け上がる。

カンカンカン！　と一段飛ばしで上がっていく。息はすぐ上がる。侵蝕者の少年もまた、足を踏み出した。ゆっくりとこちらに降りてくる。ボクは銃を引き出して彼に向けているけれど、彼は満面の笑みだ。

五段の距離を開けて、ボクらは互いに足を止めた。

「はじめましての気がしないね、賢治先生」

「ボクはキミなんて知らないよ。誰だい」

「一読者だよ。あなたの」

「読者がどうして本を侵蝕するの」

「まだ撃たないんだね」

「なに？」

「構えるだけで、僕を撃たない。そういう甘いところは想像どおり。なんだか嬉しいな」

　ボクは構えている銃に視線を向ける。親指を撃鉄に触れ、ゆっくりと手前に倒した。

　それから彼へと視線を戻す。

「冷静なだけだよ。いま銃を放っても、キミはさっきの妙な術で逃げるんでしょう」

「わ、さすがの観察眼。そう、僕はこの世界のあらゆる地点を出入りできるんだ。でも、それをわかっているなら、どう戦うつもり？　言葉で僕を懐柔してくれるのかな？」

　それも違う。作家が侵蝕者に勝つための手段はひとつだけだ。文意を読む。侵蝕者の意図を読み解くことで弱点を見抜き、打ち破る。これしかない。

　ガコン、とまた長針が動く音がする。死まで四分。

「ボクの質問にまだ答えてもらっていないよ。どうして、この本を侵蝕したの？」

　少年はふう、と息を漏らす。

「あなたは、未完の多い作家だったよね」

　彼は、つらつらと語った。長年溜《た》め込んできた言葉を陳列するように。

「本来のあなたは、とても多作だ。遺稿はたくさんあったのだから。でも生前の発表作品はなぜか少ない。『銀河鉄道の夜』、『生徒諸君に寄せる』、『雨ニモマケズ』、『セロ弾きのゴーシュ』、どれも没後に、他の者の手によって刊行された。これはどういうことだろう？　なぜあなたは、作品を完成させなかったんだろう？」

「させなかったんじゃない。できなかったんだ」

「本当にそうかな？　あなたは『農民芸術概論綱要』の中で、芸術についてこう言っている——永久の未完成これ完成である。覚えているかな？」

「……ぼんやりとは」

記憶は曖昧《あいまい》だ。記録として残っているから把握はしている、程度でしかない。

「この言葉はあなたの没後に、至高の芸術論だなんて持ち上げられたものだ——芸術とは完成するものではない、しかし完成させようと追い続けることが重要だ。その中で得られる無意識ともいうべき原始的な体感こそが芸術の本質だから——なんて、僕はそういう風に読んだけどね。ただ、どうにも腑《ふ》に落ちないと思わない？　あんなにも理想を大切にしていたあなたが、そんな曖昧なゴールを設定するかな？　あんなにも他の誰かを幸せにすることを目指していたあなたが、こんなにも狭い、自己の中で完結した芸術論で納得するかな？　どうも、無理をしているような気がしてならない。だって、未完成これ完成と言いながらあなたは、実は本をきちんと完成させているんだ。二冊」

「『春と修羅』と、『注文の多い料理店』」

「そう。ここで重要なのは、どちらも、妹の死後に刊行されたもの、という点だ」

言われて、思い出す。

確かに、そのふたつは彼女の死のあとに出ている。

「特に一冊目の『春と修羅』は、妹との別れを歌った詩も収めた渾身《こんしん》の作だった。けれど世間には認知されなかった。同年、『注文の多い料理店』を出すけれど、これも冴《さ》えない結果に終わり、以降あなたは一切の本を刊行しなくなる」

「……つまり、なにが言いたいの？」

宇宙の深淵《しんえん》を覗くような心地で、恐る恐る尋ねる。

少年は、宇宙で一番深い闇のように黒い瞳で、じっとボクを見つめた。

「賢治先生。あなたは、理想を理想どおりに世の中に届けられなかった自分に、打ちのめされたのでしょう？」

がつん、と。後頭部を殴られたみたいに、視界が揺れる。

汗が、なぜだか急に背中を伝ってくる。

彼は滔々《とうとう》と続けた。

「あなたにとって、妹はたったひとつの透明な清潔な、理想だった。そんな彼女の死に、あなたは酷《ひど》く慟哭《どうこく》したことでしょう。でも創作はやめなかった。なぜか？　彼女の生き様と死に様を世に広めなければ、と使命感にかられたからだ。それは彼女をひとりでいかせてしまったあなたなりの償《つぐな》いであり、弔《とむら》いだった。そのためであれば、あなたは自らの身を灼《や》くような悲しみを受け止め、渾身の、魂を震わす作を世に出すことができた。このとき、あなたは真の意味で作家になったんだ。ただ」

　と、そこで少年は一度、言葉を切った。そして、まるで自分のことを悔しがるように唇を噛《か》んでから、続けた。

「ただ、衆目はそれを見てくれなかった。評価が悪かったんじゃない。目にも留められなかったんだ。すると、今度はあなたの中に暗い感情が生まれた。妹を、汚《けが》してしまったような罪悪感だ。無理もない。だって、このときの創作こそが、あなたの人生で一番大切なもので、あなたの存在意義だったのだから。そのあとに一冊の本は出したけれど、それも振るわなかったことで、あなたはいよいよ作家としての心を砕かれた。心象スケッチや日記代わりの文章といった、内省的な創作に籠《こも》り、芸術は完成しないものだと自分に言い聞かせた。そうしていれば、二度と完成と言わなくていいから。自分の理想を汚さなくて済むから――」

「違う」

　とボクは堪《こら》えきれず、声を出していた。

「ただ……もう少しだけ、時間が必要だったんだ」

「時間？　それなら充分に与えられたじゃないか。だってあなたは今、生きている。二度目の人生でしょう。なのにいまだ書き上げていない。それとも、ひょっとして本当に気づいていないの？　いいかい、賢治先生。あなたは時間がないから書けないわけでも、妹の死を受け止められないから書けないわけでもない。ただ、眩《まぶ》しすぎる理想の星に届かないと気づいてしまったから、追いかけることをやめたんだ。今のあなたは、内に燃えるものを持っているはずなのに、燃料を灯さず、暗闇に留まっている鉄の列車だ」

「違う」

「あまりに可《か》哀《わい》想《そう》じゃないか。先には救済の結末がちらついているのに、そこに永遠にたどり着けない物語なんて。作られっぱなしで、置き去りの登場人物なんて」

　ボクの背後には彼女がいる。でもその表情をうかがうことは、怖くてできない。

「違う！」

　とただ声を絞り出すことしかできない。

「じゃあ教えてよ。あなたはなんのために、再びその身を灼けるっていうの？」

　なんのために。

　カムパネルラのために――いや。それは妹とほとんど同じ意味だ。また同じ壁にぶつかる。ボクの腕では、ボクの理想を描き切れない。そう思うと、ボクの手はがたがたと震えはじめる。構えた銃の照準具の向こうで、少年がじっとボクを見つめている。

　その黒い二つの瞳が、冷たく光を反射している。

彼は一瞬、哀れむように微笑んだかと思うと、ため息をひとつ吐《つ》いて笑顔を消した。

「こうして答えられないから、僕はあなたを葬《ほうむ》ると決めたんだよ。あなたの生み出した理想の世界ごとね」

直後、彼が手を前方に構えた。そこに瞬《またた》く間《ま》に闇の穴が開き、内部から銃が引き抜かれる。ただ、銃口の向いた方向はボクではない。

背後の彼女だ。

「なっ――」

ボクは反射的に、彼女を守るように射線上に飛び出した。少年が言った。

「描き切れないなら、初めからこんな優しい世界を見せないでよ」

直後、暗い銃口が夜汽車の照明のように真っ白に光った。甲高い汽笛のような銃声が響く。左胸に衝撃が走る。

白んだ景色の中で、少女がボクの方へ駆けてくるのが見えた。――だめだ。そう叫ぼうとするが声が出ない。目の前で少年の銃口が改めて彼女の方へ向き、再び閃《ひらめ》くと、彼女の胸もまた、貫かれた。

その光景を最後に、意識が途絶えた。

六

ゴウンゴウンゴウンと耳奥で鈍い音が鳴っている。

鉄道が線路を走る地響きだ、とぼんやり思った。

瞼を開くと、真っ白な空間にいた。

だだっ広い潔白の地平に、ボクは立っていた。

少し先に、あの少女がいる。

ボクは棒立ちのまま尋ねた。

「……ここは？」

「死者の世界の入口だよ」

ボクはその言葉の意味をゆっくりと噛み締める。

「ボクはまた、キミを守れなかったんだね」

「悲しまないで。私ははじめから、あなたと一緒に行けはしないから。それよりも、私が消えても世界が完全に崩壊するまでには少しだけ猶予《ゆうよ》がある。その間に侵蝕者を倒せば、世界は取り戻せる。だから私は、あなたを引き留めに来たの」

それはきっと朗報なのだろう。でもボクはもう、うまく笑えなかった。

「キミはこんなときまで、優しいんだね」

「だって私はカムパネルラだから」

「ありがとう。でも、ボクはもう疲れたよ。キミのいない世界にも、理想に届かない自分に打ちのめされることにも」

「だめ。あなたにはまだ、果たすべき役目があるはずよ」

「役目――」

「恐れないで。あなたの作品はもう、多くの人に愛されているじゃない」

「それは……」

　ボクはうつむく。

「でも、ボクは一度キミを汚してしまった。その過去は変えられない」

「私はそんなふうに思ってない。私は書いてもらったことで、あなたに救われたの」

「もちろんキミは、そう言ってくれるよ。だってキミはボクの理想なんだから」

　すると少女が、ふっと息を漏らした。見れば、呆《あき》れるように笑っている。

「なに？」

「いいえ、あなたらしいなと思って。そうだね。理想を大切にするあなたは、この先もずっと自分を責めて、許せる日は来ないかもしれない。でも、そんなふうに苦しみ続けるあなただからこそ、この物語を完成させられるんでしょう？」

え、とボクは息を漏らす。

「すべてを思い出した今なら、わかるはずだよ。この物語が本当は、誰のために書かれたものなのか」

彼女の目がボクをじっと見つめる。

青白くきらめく瞳に、やつれた少年の顔が反射していることに気づいた。

その顔はボクだ。

でも、もうすっかりボクの手から離れてしまった、ボクとは違うボクのように見える。

宮沢賢治という名前は与えられているけれど、ボクの死後にみんなが思い描いた宮沢賢治だからだ。今のボクの姿はずいぶんと幼く、か細く、頼りない。

なのに自分の弱さを許せなくて、強がってしまうのだ。他の誰かを幸せにしたい、理想主義者だから。そういうふうに、みんながボクを思ってくれているから――

と、そう気づいた瞬間、視界が真っ白に瞬いた。

それは唐突な、でも確かな閃きだった。

「そうか」

ようやく、思い出した。

なぜ、ボクが転生することを選んだのか。

転生すれば苦しみが待っているとわかっていた。ここは、妹のいない世界だ。自分が彼女を汚した過去を思い出さなければならない世界だ。未完の作品が遺《のこ》されていて、それを書き上げることを求められる世界だ。延々と伸びる暗い線路を、自分の中にしかない微《かす》かな灯火《ともしび》を頼りに進まなければならない世界だ。

なのに、なぜこの世界に戻ってくることを選んだのか。

答えは、この作品の中に既にあったんだ。だからボクはこの作品から、カムパネルラとの別れを消さなかった。苦しいそれを消すことだってできた。でも、それが必要だった。この物語の救済は、辛い別れを越えた先になければならなかったから。

この物語が本当は、誰のために書かれたものなのか。

ボクが本当に救いたかったのは――

「ボクと同じ、苦しみを持つ人だ」

彼らを救うためなら、ボクは、この身を何度灼いたって構わない。

彼女が頷き、微笑む。

「おかえり、賢治」

「ありがとう、――」

彼女の名前を呼ぼうとした。カムパネルラじゃなく、本当の名前を。でもそのとき、彼女の体が青白い光を放ち始めていることに気づいた。

息を呑む。彼女そのものが光の粒へと変わっているのだ。白い世界に融けてゆくみたいに、どんどん彼女がぼやけてゆく。

「そろそろ時間ね」

「待って！」

とボクはとっさに彼女の腕を摑もうとする。

だが触れず、透き通って空を摑む。

「やっと、役目を終えるときが来たの。あなたが私を通り過ぎて、先へ進むときが」

「嫌だ！　まだ――」

「大丈夫。あなたはもう、きっと理想に辿《たど》り着ける。私がいなくても、次の人たちがあなたを支えてくれる」

途端に、光の粒が目の前で明るく閃いてボクは目を見開く。その光の中に見えたのは、穏やかに微笑む光さんと、にやりと笑う中也くんだった。

ボクははっとして、目を擦《こす》る。

「ねえ賢治。お願い。最後くらい、笑顔でお別れをさせて？」

彼女が優しく微笑む。

透明に、きらきらと。

自分の呼吸がやたら大きく聞こえる。そうだ。これはあのときのやり直しだ。今度こそ間違ってはいけない。彼女を正しく見送らなければならない。悲しい顔じゃなく、笑顔で。

　ボクは精いっぱい口角を上げて笑ってみせる。

　喉が震えている。でも、なにか言わなければ。今のボクだから言える救いのある言葉を。うそみたいに透明で、清潔で、なにものにも汚されない、きれいな言葉を伝えなければ。無理やりに声を絞り出した。

「ボクら、また会おう」

　彼女がこちらを、少し驚いたように目を開いて見つめる。

　彼女の透きとおった瞳を目に焼き付ける。

「今は離れ離れでも、役目を終えたらボクも必ず追いかけるから。そのときまた会おう。星を見つけるみたいに、ボクはキミの輝きを必ず見つける。ボクもキミに見つけてもらえるように、たくさんのきれいな言葉を残す。だから、ボクら、また会おう。光と光を結んで、星座を作るみたいに、きっとまた」

　彼女は目を細めて微笑む。

「ありがとう。幸せにね」

　とびきり優しい笑顔。

　その残光を残して、彼女は消えた。

ボクは帽子を深く被《かぶ》る。下唇を強く噛む。

「こちらこそありがとう。幸せだったよ」

ありがとう。ボクの大切な人。

いつまでも、いつまでも透明な清潔な人。

けれど今はもう、星となってしまった人。

ゴウンゴウンゴウンと耳奥で鈍い音が鳴っている。

ああこれは、ボクの血が流れる音だ。

瞼《まぶた》を開くと、あの真っ黒な鉄骨を見上げていた。階段の途中に、ボクの小さな身体《からだ》は仰向けに倒れていた。

彼女のいた位置に目をやる。もう姿はなかった。微《かす》かに、光の粒が残って雪のように舞っていた。足元に、ボクが彼女にかけた外套が落ちていた。

どくん、どくん、と自分の鼓動を感じる。

左胸に手をやる。中也くんから借りた外套の胸が銃弾のせいで焦《こ》げていて、その奥に固い感触があった。

身体を起こしながら目をやると、内側の胸ポケットに一冊の本が入っていた。表紙が弾痕《だんこん》で灼けているけれど、ひと目でわかる。銀河鉄道の夜。帝國図書館のものではない。

昭和十六年、僕の死後に、単行本として初めて世に出たときの版だ。表紙は、血みたいに深い紅色をしていた。中也くんの言葉を思い出す。

――これも、オレが生きる理由だ。

そうか。あれは、本当に。

「賢治先生、どうして」

と声がして、ボクは階段の上に目を向ける。

銃を構えた少年が立っていた。銃口からは硝煙《しょうえん》がまだ上がっている。ボクが気を失っていた時間はごくわずかだったということか――

「どうして生きているの」

ボクは外套をそっと置いて立ち上がる。

「助けられたんだ」

誰に？

中也くんに。

カムパネルラに。

そして、

「文学に」

少年は怪《け》訝《げん》そうに眉根《まゆね》を寄せる。

その彼の左胸に、ボクは銃を向けた。

「侵蝕者。ボクはキミを撃たなきゃいけない」

すると彼もボクの胸に照準を合わせる。

「覚悟が決まったというの？　でも、あなたにできるかな」

「できるさ。ボクがそうすると決めたのだから」

「なんのために」

ボクは引き金に力を込め、答える。

「キミの理想のボクであるために」

彼は瞼を閉じ、ゆっくりと頷いてから唇の端を上げ、目を開いた。

「ありがとう。いつまでも待ってるよ、先生」

ふたつの銃声が響いた。景色はずいぶんとゆっくりに見えた。螺旋状に回転するふたつの弾丸が触れ合うように擦れ違い――

七

「ああ！　オレの、オレの本！」

「本当にごめん！　ごめんなさい！」

ボクは自分の外套《がいとう》を羽織り直し、あとから追いかけてきた中也くんに、灼けた本の入った彼の外套を見せた。中也くんは細い目をこれでもかというほど大きくかっぴらいて叫んだ。本当に申し訳なかった。

「……いや、でも、いいんだ。賢治先生を守るために働いてくれたこいつに感謝しよう」

と中也くんはこぼして、外套を羽織る。

ふたりで、誰もいなくなった三角標のてっぺんから世界を見渡した。

雪がすっかり溶けた地表からは泥岩層《でいがんそう》に似た、蒼鉛色《そうえんいろ》の群雲《むらくも》が顔を覗《のぞ》かせている。

遠方では呼子が硝子《ガラス》のように優しく響き、おぼろげな灯がいくつも連なって遠ざかっていく。列車が走り出したのだとわかった。

それを見送りながらボクと中也くんは、頭上に伸びた青白い光を見上げた。光の中に、見慣れた帝國図書館の書架の天板が現れる。

「いい天気だ」

と中也くんが笑う。

「ここは、上下逆さまの世界だったんだな」

「うん」

地上から見れば逆さまに、空から落ちてくるように配置された世界。だから雪が逆向きに降っていたのだろう。

天高くそびえているように見えた三角標は、本当は鍾乳石《しょうにゅうせき》のように地上へ向けて垂れていた。そのてっぺんは夜空に一番近いようで、地上にもっとも近い場所だった。

ボクらはもう、地上へ帰る。

この世界に戻ってくることは二度とないだろう。

帝國図書館から放たれる光に目を細めながら、最後にもう一度だけ彼女を思う。

ボクは心から祈る。彼女の幸せを。

どうか、これからボクが綴《つづ》るいくつもの言葉たちが、終わりのない闇を突き抜ける一筋の光となって、彼女のもとまで届きますように。

三角標の内部がガコン、と音を立てる。時計の長針がカチリと動いた。

八時三十分。今なら思い出せる。それは妹が天上へ昇った時間だ。鐘がゴウン、ゴウン、ゴウンと叩《たた》かれる。

どこか遠くで汽笛が鳴っている。

「時間だ」

「うん。帰ろう」

あの子が眠る時間に、ボクたちは目を覚ます。

可能性の怪物

case 織田作之助

一

　雑誌に載っている小説なんか読めたもんじゃない。
小説の小説たる所以《ゆえん》は、今まで誰も言わなかったことを言ったかどうかだ。無茶な言葉遣いでも、歪《ゆが》んだ視点でも、一行でも一単語でもいい。それが書かれた小説には読む価値がある。だが近頃の小説誌の小説は、他の高速な媒体で既に叫ばれた世論をまとめているだけで、つまりは時流の解説者なのであって、わかりやすくはあるが新味はない。

　という書き出しの短編を送ったのは、研究用に小説誌を作りたいから寄稿してくれと館長に頼まれたからやった。けど提出してすぐに電話が鳴り、「これはちょっと」と渋い反応をされた。

「今回の雑誌は、他の作家にも寄稿してもらっている。こういった文章が載っていると、気にするやつもいてな」

　こうなる未来はなんとなく見えとった。ただ、最初から角を取るのは性分と違《ちゃ》うから、とりあえずやってみたんや。受話器の向こうの館長に、ワシはおどけた声を出す。

「そないに気にせんといてえや。こんなのはもちろん嘘《うそ》やで？　所詮《しょせん》は小説、作り事やんか。アンタの雑誌や他の作家を悪く言いたいわけ違う」

ワシはただ、一見型破りな手法から、おもろいものを生み出したかっただけや。冒頭がこれなら展開が気になるやろ？　こないな大口を叩《たた》いた奴《やつ》がどないな続きを書くか、腕の見せ所やないの。

　とはいえ、ワシのやり口は昔から、古株の文豪はんには理解されづらいっちゅうことも自覚しとる。

「もちろん、織田《おだ》には織田の意図があるだろう。ただ、今回はもう少し柔らかな表現に変えてもらえるとありがたい。申し訳ないが」

　このあたりでワシも折れることにした。いうてワシも大人や、発禁も経験しとるし、世話になっとる館長をいじめる趣味もない。

「おし、わかった！」パン、と太腿《ふともも》を手のひらで叩く。「そういうことなら丸っぽ書き直したるわ」

「え？　いや、そこまでは。表現を少し柔らかく変えてもらうだけで構わんのだが」

「でもそれやと、この作品で狙《ねら》っとる効果が出されへん。やるとしたら全面改稿しかあれへんねん。別に問題ないやろ？」

「問題はないが……でも大丈夫か？　ここまで仕上げたものを直すとなるとスケジュールだって――」

「だーいじょぶ、大丈夫。ワシを誰や思てんねん。天下の戯《げ》作者《さくしゃ》、織田作之《さくの》助《すけ》や。大船に乗った気で任せとき」

「……そういうことなら、お言葉に甘えるが」

ではよろしく頼む、と言う館長に「ん、ほなそういうことで」と軽い調子で告げ、受話器を置いた。けど、これが大ごとの始まりやった。

だーいじょぶ？　んなわけあらへんやろ。締切、明日やぞ。

帝國図《ていこくと》書館《しょかん》の裏手には、懐郷心を煽《あお》る路地が続く。

アドバルーンを誇らしげに浮かべるデパートと、そこを昂揚《こうよう》した様子で出入りする雑踏。ハンケチーフで汗を拭《ぬぐ》う勤め人、同僚との世間話に夢中なタクシー運転手、道を一本入れば、手に臭《にお》いが移るほど小銭を強く握りしめた短パンの少年らが、軒先に風鈴の揺れる駄菓子屋に入っていく。

どこか特定の土地を思い出させるわけやない。でも誰にとっても懐《なつ》かしい光景や。その温かな、撫《な》でられるような風合いがこそばゆくて速足で向かったのは、一角にぽつんと店を構える個人の薬局やった。

革ジャンのポケットから紙幣を取り出し、カウンターに置く。

「これで買えるぶんだけ」

店主の婆《ばあ》さんは表情ひとつ変えず、乾燥した唇だけを動かした。

「もう、かい。ペースが早まってるね」

「追い込みでなあ。売れっ子はつらいわ」

額に滲《にじ》む汗を手のひらで拭うと、婆さんがワシの革ジャンを見やる。

「その季節外れの上着も、人気作家の格好つけかい」

「せや。ええやろ？　お気にの一張羅。おてんとさんにも見せたろ思てな」

「つくづく気障《きざ》な男だね」

老婆《ろうば》は呆《あき》れたように釣りの硬貨を二枚、カウンターに平手でぱちんと叩きつける。

「おおきに」と笑顔で受けとり、店を後にする。

図書館に戻ると、大広間の大机いっぱいに本を敷き詰め、それを敷布団《しきぶとん》代わりに寝転んどる不届き者がおった。

「なんやこれ」

思わず声を上げると、男は目元のグラサンをずらし不敵に笑う。

「よう、オダサク。ちーす」

「安吾《あんご》！　いったい何事や」

坂口《さかぐち》安吾。生前からの腐れ縁のせいで、今でもなにかとツルむ作家仲間や。

「最近どうも、同じ布団でばかり寝てて面白みがなくてな。こうすればアイディアが出るかもしれねーと思って実験中」

「ええのん？　本をそないな扱いして」

「ハッ、こんぐらいで壊れるもんじゃないだろ、それこそ本を舐《な》めすぎだ。最近は文学を高尚な位置に持ち上げようとする力が強すぎるからな、適度に反発しとかねーと。それに安心しろ。俺の持ち物だし、靴は脱いでる」

安吾はよれた靴下の裏面を見せる。いや、そういう問題ちゃうと思うけど。

「そっちこそ珍しいじゃないか、朝にうろついてるなんて。ここのところ缶詰だったんだろ？」

「ああ、ワシもアイディアを求めてな。ちょいと散歩に」

「この暑いのに革ジャンを着てか？」

「せや、おてんとさんにも見せたろ思て」

「なるほど、名案だ。袖《そで》がありゃ腕は見えねーもんな」

安吾がグラサンを目元に戻しながら、なんでもないように言ってみせよるから、ワシはお決まりの魅力的な笑みを崩してまいそうになる。長袖を着とる本当の理由を一瞬で見抜かれたらしい。さすが、「偉大なる落伍者《らくごしゃ》」を自称するだけある。

安吾はワシが後ろ手に隠した小鞄《かばん》の中身にも気づいたようで、言うた。

「その様子だと早起きしたんじゃなくて、まだ寝ていないだけみてーだな。ま、俺はアンタのお袋じゃないから、口うるさく言う義理もないが」

「ほんま、敵《かな》んなぁ安吾センセには」とおどけてみせる。

「で、見つかりそうなのかよ」

「ん？」

「端《はし》の歩《ふ》だよ。アンタがそんなに打ち込む理由は、それのためだろ？」

端の歩。ワシが生前に感銘を受けた棋士の一手や。

　将棋は、長い歴史の中で多くの定跡が固まっとる。しかしその棋士は、定跡からは考えられへん手を打った。初手に端っこの歩を。滅茶苦茶《めちゃくちゃ》で、乱暴で、気でも狂ったかと思われる手やったから仕合には負けてもうたが、少なくともその棋士が、滞った棋界に風穴を開けようとしたことは伝わった。自らの身を燃やし、棋界そのものに挑戦した姿は、克明にワシの目に焼き付いた。

　文学も一緒や、と思った。

大説に対する小説が生まれてから幾年、小説は持ち上げられすぎた。伝統をありがたがり、定跡通りの技をいかに美しく見せるかばかりを競う文壇からは、若者を楽しませる作品は生まれへん。未来の可能性に歩《ほ》を進めてこそ、文学やろ。

　と、思わず熱く考えてもうた自分の顔が辛気臭くなっとんのに気づき、ワシはガスを抜くように笑顔を作る。

「ケッケッケ。そんな簡単に見つかるもん違うからな。ま、気長にやってくわ」

はん、と安吾は鼻を鳴らす。

「その言葉が嘘じゃなきゃいいけどな」

「なに？」

「いや。そもそも、なんで端の歩なんだ」

「なんでって」

安吾が、寝転がった頭に両手を回して天井を見つめる。

「可能性を探ったのは、そりゃわかるぜ？　だが端っこの歩である理由が不明だ。将棋には他にいくらでも、指し方はあるわけだろ。八種二十枚の駒、初手三十通りの選択肢の中から、どうして、一番端の歩を突いたんだ」

「それは――」

転生して間もない頃にも考えたことはある。けど答えは出てへん。今も、まだ。

自室に入り、ジャンパーをそのへんに放る。

アイディアは水物や。いつどのタイミングで来るかわからへん。やから朝から湯を浴び、酒を飲み、散歩にも出てみたが、結局いま机の前に逆戻りや。

いったん直感のなすがままに改稿することにした。それから見直す。物語の設定、キャラクター、展開、言い回し。すべての要素を吟味して、ふむ、なるほど、と万年筆を机に置き、息を吸い、叫んだ。

「おもろないなー！」

テーマは、小説の可能性について。これは以前から変わらへん。館長に提出した原稿から――いや、生前からや。

数え三十五で病死する前のワシは、文学界に風穴を開けられへんかと足掻《あが》いとった。当時は体現しきれずに死んでもうたが、今度こそ成し遂げたる。それが二度目の人生を貰《もろ》た、ワシの責任や思う。

「小説の小説たる所以は」から始まる一行を改めて読む。ここだけは改稿前から残したが、そもそもこれが野暮な気がしてきた。小説の中で思想を語るのは、料理家が「この料理は高価で栄養価の高い食材を使っていましてね、だから身体《からだ》にいいですよ」と触れて回るのと同じや。厚かましくて食う気が失《う》せる。手順が逆や。美味《うま》けりゃみんな食う。そのあと自然と、栄養が染《し》み渡る。ただ、これを体現するのがなかなか難しい。

こないな頭脳労働をしとる最中は、それだけに集中したい。やから字引を引くなんちゅう作業は、人に任せたなる。

「おい、フエンで引いてくれ。エンはさんずいに行《いく》やったか、行の隙間《すきま》にサンズイやったか」

と、当たり前みたいに背後へ言った。

しかし反応はない。振り返ると、そこには誰もおれへん。己の黒い影があるだけや。

遅れて、ああそうか、と思い出す。

――あいつはもう、おらへんねや。

転生した作家は記憶に欠落がある。そのせいか、間抜けた行動をとってまうときがある。いつも字引を引いてくれた家内のぬくもりは覚えとるのに、アイツがおらへんことをふいに忘れて、声をかけてまう。

苦笑する。

「どうせ記憶を消すなら、いっそアイツとの思い出ごと消してくれりゃよかったのに」

ほんまに？　いや、本気やないよ、もちろん。

家内は生前、夜通し執筆するワシの後ろにつきっきりで字引を引いた。ワシは書き終えればそのまま寝たが、家内は朝方、原稿を取りに来る編集者に対応するために起きとった。主人に恥をかかせんために化粧や応対にも気を配ったろう。家事も家計も、任せきりやった。

――アイツが死んでしもうたんは、ワシが無茶を押し付けすぎたせいや。

集中が切れた。途端にどっと疲れが圧《の》しかかる。家内のふりをした自分の影を払うように、後ろにどさっと倒れ込む。

そのとき、ふすまの前に放り出してあった小鞄が目に入った。

手を伸ばして手繰り寄せ、開く。

中からはアンプルと注射器が出てくる。

ワシは魂と肉体の繋《つな》がりが人より芳《かんば》しくないらしく、図書館から貰《もろ》た特別な実験薬を打たな意識を保ってられへん。おまけに生前から、徹夜を重ねた身体に覚醒昂奮剤《かくせいこうふんざい》を打ち、無理やり原稿を書いてきた。その癖もいまだ治せへん。

注射器を右手で摑《つか》み、左腕の袖を乱暴にまくった。小さく黒い、斑点《はんてん》が不細工にいくつも並んどる。注射痕《こん》や。チッと舌打ちが出る。液が固まってもうてて、針を通せる箇所がもうあらへん。

なら反対は？　右腕はきれいなもんや。けど、左手で注射器を握るのが恐ろしい。慣れへん手で上手《うま》く刺せるか？　ごくりと唾《つば》を飲む。小心な自分を頭上から客観視する自分がおる。惨《みじ》めな気持ちになる。

ワシはなんでこんなことをしとんやろか。なんのために？

もちろん、読んでくれる皆のためや。おもろいもんには笑い、おもろないもんには仏《ぶっ》頂面《ちょうづら》を見せる正直な読者らが満足してくれたときの喜びに勝るもんはない。ただ。

これをいつまで続けたらいい？

今でさえここまでせなアイディアのひとつも捻《ひね》り出せへんワシが、残りの人生、読者を失望させずにおれるやろうか。

注射器を小鞄に放り、手のひらで目元を覆《おお》う。腹の底から、ケッケッケと笑いが込み上げてくる。小さな部屋の天井に、掠《かす》れた声が上りきらずに落ちてくる。

二

締切当日、糸口が見つからへん息苦しさから逃れるように、また図書館を出る。放浪者、根無し草、禿鷹《はげたか》、ハイエナ。自分を鼻で嗤《わら》う単語がいくつも頭に浮かぶ、そんな単語の羅列の中からでも、ええアイディアはないかと探っとる。作家はけったいな生き物や。右足では現実を、左足では空想を歩いとるせいで、どちらの世界にも馴染《なじ》めへん。一本道に分岐路を見つけようと徘《はい》徊《かい》する様は、奇行に他ならん。作家先生なんて言われとること自体、そもそもおかしい。

人生で初めて曲がる角をいくつか曲がり、見たことのない小《こ》路《みち》をいくつも過ぎた。気づけば、いつも使う駅の裏手に回っとった。

「へえ、こっちはこんな風になってんねや」

表通りとは違う、高架橋の寂れた裏の顔。年季の入った配管。長い歳月ここで通行人を見届けてきたであろう消費者ローンの張り紙。そういったものに、人間の本質を感じる。人は綺《き》麗《れい》なものを信奉する一方で、そこに染みがなけりゃ愛せへん。愚かや。けどその愚《ぐ》に鼓動がある。生きとるっちゅう感じがする。未来があり、可能性がある——などと風情《ふぜい》に酔いしれとると、ふいに強烈な視線を感じた。

はっと顔を上げ、振り返る。

視線は頭上からやった。が、そこには誰もおれへん。ただ空に分厚い雲が立ち込めとるだけや。首を傾《かし》げる。

「なあ、兄ちゃん」

と声をかけられ、今度は視線を落とす。

高架下に、こぢんまりとしたバーの入口が見えた。看板のランプが、朝やちゅうのに壊れた誘蛾《ゆうが》灯《とう》みたいにカチ、カチと明滅しとる、その看板を背に、小柄な人影が立っとる。十二、三歳ほどの少年や。

汚れで黒ずんだ、もう何週間も洗《あろ》てへんような服を着とる。少し上がった眉《まゆ》と微《かす》かに突き出した下唇は、世間を小ばかにしたようにも見える。

——さっきの視線は、コイツか？

少年は堂々とした態度で、真っすぐにこちらの目を見て言《ゆ》うた。

「[redacted]を知らないか」

「なに？」と猫背になり耳を近づける。

「[redacted]を知らないか」

「ごめん、よう聞こえへんわ」

はあ、と少年はため息を吐《つ》く。「やっぱりだめか」

「なんや、勝手に自己完結すなよ」

「だから探してるんだよ、■■を」

「やから、そこだけ、よう聞こえへんねんて」ぼそぼそと、くぐもったラジオのノイズのような音になっている。「わざとか？　ワシをおちょくってんのか、少年」

「そういうつもりじゃない。俺ははっきりと喋《しゃべ》ってるつもりだぜ。だが言葉にできないんだ、おそらく検閲されてな」

「検閲？」

「侵蝕者《しんしょくしゃ》に」

唐突な言葉に面食らう。反射的に警戒し、一歩下がった。

「アンタ、何者や」

「ハッ、まだわからないのかよ、鈍感な山男め」

人を食ったような表情。その眉や口元の動かし方には見覚えがある。少年はヒントでも出すように、ありもしないグラサンをくいっと上げてみせる。まさか。

「……安吾？」

「薄情な奴だぜ、この色男の顔を忘れるなんてよ」

「ちょお待て！　全然呑《の》み込めへんて」

「耳にしたことないか？　最近ではこちらから潜書しなくても、作家を引《ひ》き摺《ず》り込んでくる有碍書《ゆうがいしょ》があるって。どうやら俺たちは呼び込まれちまったらしいぜ」

　そういや、図書館の誰かがそないなこと言うてた気がするが。

「俺たちって……」

「そ、アンタと俺」

「有碍書の中？　ここが？」

　あたりを見渡す。確かに、知らへん景色やとは思っとったけど——

「あまりに唐突すぎる。どのタイミングで呼び込まれたんか全然わからへんかった」

「そういうもんだ。最近の侵蝕者は巧妙化してる。今朝ちょうど、アンタが出かけてすぐに館長とネコが慌《あわ》ただしく話してたぞ。オダサクの本が侵蝕されたってな。対応はこれから決める様子だったが、先を越されたな」

「よりによってワシの本かいな。潜書、あんま好きちゃうのに」

「好きなヤツはそういないだろ」

「ちなみに、どの作品？」

「『郷愁』」

「はー」と額に手を当てる。「自分で言うんもなんやけど、物好きなチョイスやな。ワシいうたら『夫婦善哉《めおとぜんざい》』や『青春の逆説』、『世相』、『俗臭』、『聴雨』、『六白金星』、ちょっと捻って『可能性の文学』――他にいくらでも代表作あるやろ」

　安吾は笑う。

「ちょうど状況が合っていたんだろうな。アンタ、締切に苦しんでるし」

　ああ――と、呻《うめ》きが漏れる。

　短編『郷愁』のあらすじは、起こることだけを並べればシンプルや。

　主人公は、世相をテーマに小説を書いている作家。四十時間ぶっ通しで執筆したものの最後の締め方がぴんとこない。だが締切を過ぎているため、無難な結びをひとまず書いて封筒に入れ、提出するために駅のホームのベンチで電車を待つ。

　そこへ、みすぼらしい女が来て「この駅で合っていますでしょうか？」と、耳覚えのない駅名を尋ねてくる。違います、この路線にそんな駅はありません、と伝えると女は半泣きで懐《ふところ》から電報を出す。主人から、その駅へ来いと言われたという。

　主人公は女に、一度家に帰るよう勧めてみるが、女は心が決まらない様子だ。自分の目的の電車が来た主人公は車両に乗り込む。窓からは、ベンチに腰かけきょとんとした眼を前へ向けて夫を待つ女が見える。その一途《いちず》さには、世相の暗い影が落ちているように見え、目を背けることができない。

　シーンが変わり夜、原稿を出し終えた主人公は、百貨店の地下室の入口前で、一人の浮浪者と、その傍に、浮浪者の子供らしき五、六歳程の男児を見る。男児は立膝《たてひざ》のままうずくまり、きょとんとした眼で何を見るともなく、上の方を見あげている。自分はなぜこんな所で夜を過ごさねばならないのか、なぜこんなひもじい想《おも》いをしなければならないのか、なぜ夜中に目覚めたのか、なぜこんなに寒いのか、不思議でたまらぬというような眼だ。それはもう世相や絶望といった感覚ではない。虚脱や放心でもない。いつの時代も老若男女すべての人間に、ふと覆《おお》いかぶさってくる得体の知れぬ異様な感覚、人間が生きている限り何の理由もなく持たねばならぬ憂愁だ。主人公は思う。「世相」などという文言は、人間が人間を忘れるために作った便利な言葉に過ぎない。なぜ人間を書こうとせずに世相を書こうとしたのか。悔いつつも、主人公は、道が拓《ひら》けた明るい思いも覚える。

「ただでさえ」

と少年安吾が言うから、ワシはいつのまにか俯《うつむ》いとった顔を向ける。

「作家にはただでさえ苦しい舞台設定の本を、苦しいタイミングで選んでくれたもんだよな、侵蝕者のヤローは。しかも人手不足だ」

潜書は通常、四人一組《フォーマンセル》でおこなう。

「ワシの他に引き摺り込まれたのは安吾だけ？」

「みたいだ。ここに来るまでに、作家には会わなかった」

「ほな逆に、なんで安吾だけ来られたんやろ」

「このテの有碍書は、誰でも引き摺り込めるわけじゃない。主人公と似た境遇にある者だけを引き摺り込む、なんつー条件がつく。実は俺も、締切前だったんだよ」

なるほど。『郷愁』の主人公と似て、締切に苦しんどった作家がワシら二人だけやったわけか。

「でも安吾、焦《あせ》っとる様子なんかおくびにも出してへんくなかった？」

「別に焦っちゃなかったからな。アイディアすら出ねーんだから、もうこりゃ間に合わないなと受け入れたんだ」

「なにしてんねん」

「だから正確には、『郷愁』の主人公の苦しみとはシンクロできなかった。それが、この不格好な姿での潜書に繋がったんじゃねーかな」

安吾はぼろぼろの服を、一張羅を見せるように広げてニヤついてみせる。

「せや。なんなん？　その格好」

「どうやら作中人物と融合させられたみたいでな。いたろ？　浮浪児。俺は気がつくと百貨店前で、浮浪者の横で、作中と同じように座って上を見上げてた。だから今の俺は坂口安吾でありながら作中人物。筆の力も、本来の半分ほどしか使えない」

「なんちゅう中途半端《はんぱ》な奴や」呆《あき》れて、笑えてくる。「らしすぎるやろ」

「偉大なる落伍者だからな」と安吾はニヤつく。「だが、だからこそその利点もあるぜ」

「利点？」

「言ったろ、半分は作中人物。だから、本来は侵蝕者しか知り得ない内部情報がここに入っている」

トントン、と安吾は自分のこめかみを叩いてみせる。一瞬の後、ワシははっとする。

「もしかして、さっき言っとった――」

「そう、[redacted]だ。俺は浮浪児として目覚める寸前、真っ暗な潜在意識のなかで、この有碍書の奥深くに規則《ルール》が刻まれているのを見た。この物語の浄化条件は、オダサクが[redacted]との待ち合わせを遂げることだ」

安吾が謎《なぞ》の言葉を口にするたびにノイズが生じる。ワシはたまらず耳の穴に指を突っ込み、顔をしかめる。

「要するに、その言葉はえらい重要な攻略情報やから、検閲されとるわけか」

「そゆこと。この目で確かに見たはずなんだが思い出せない――というより、記憶にアクセスできないように世界が邪魔をしているみたいだ」

「誰かと会うのが攻略条件や言われても、その誰かがわからへんかったらヒントにもならへんやん」

「だよな」と安吾は、あっけらかんと笑う。

ワシも苦笑し、耳のうしろをかく。

「まあええか。そのへんは訊《き》いて回ろう。仮に待ち合わせ相手が見つかれへんくても、侵蝕者の方を見つけて倒せばええわけやしな」

[redacted]との待ち合わせは、この有碍書独自の攻略条件やろう。とは別に、いたって正道な解決法がある。それが侵蝕者を倒すことや。この妙な状況は侵蝕者の仕業なんやから、侵蝕者を排除すれば必然的に攻略できる。そして侵蝕者は多くの場合、作家の追跡から逃れるために様々な手をつかって有碍書内に潜んどる。登場人物のふりをしとったり、オリジナルのキャラクターに扮《ふん》しとったり。つまり目的が[redacted]の捜索なら、本来の攻略法である侵蝕者探しと並行しておこなえる。

「ただ、時間はないぜ」

「締切、今日やもんな」

「そういう意味じゃない。オダサク、アンタ、鞄はどうした」

「ん？」

安吾がワシの手元を一瞥《いちべつ》する。昨日、帝國図書館でワシが持っとった注射ケースの事を言っとるんやろう。

「部屋に置いてきたけど」

「あの鞄に入っていたのは、覚醒昂奮剤だけじゃないだろう？」

不意をつかれ、眉を上げる。

「何の薬かまでは知らない。だがなんにせよ、アンタにとって命綱のはずだ」

まさに、安吾の言うとおりやった。最近のワシは転生体として安定してへん。二時間おきに、特別な注射を打たな意識を保ってられへんくなる。

「そして、この世界に留まっている期間、アンタはその命綱を摂取できない。つまり急いで脱出しなければ、現実のアンタの命が危ないっつーわけだ」

少年安吾がこちらを見上げる。グラサン越しやない瞳《ひとみ》は、澄んだ空のような青で、ワシの肌をぴりつかせる。

その潔《いさぎよ》い優しさを弾《はじ》くように、ワシは口角を上げて笑顔のコーティングを作る。

「大げさな。ぱぱっと解決して帰ればええだけの話やんか。ワシらふたりならワケない。せやろ？」

しゃがみ、小さな安吾と肩を組んでケッケッケと笑う。

安吾は納得してへん風に冷ややかな表情を見せたが、なにも言い返してはこんかった。

三

普通に考えるなら、作中で「待ち合わせ」をしとるキャラクターといえば、駅のホームで主人と落ち合おうとしとる女や。

安吾が周辺の地理を理解しとったから、案内してもろて駅前通りに出た。並ぶ店の様相は、やはり知っとる近所とは違う。

どんぶり屋、いかやき屋、ちゃんぽん屋、珈琲《コーヒー》店、時計屋、小間物屋、豆本屋、自転車貸し。灯油屋の看板には太いゴチックで「大阪のエネルギー」と書かれとる。

「大阪やん！」と口をついて出る。

「『郷愁』の舞台はどこだっけか？」

「宝塚線やから、微妙に外れとるな」

「なら侵蝕者がアンタに合わせたんだろう」

たしかに、大阪はワシの故郷や。侵蝕者は本の情景を好き勝手に書き換える。場所も日時も、原作と違っとってもおかしくない。

空はいつのまにか夕暮れとる。額に脂《あぶら》をてからせながら大声で電話をする白襟、化粧の薄い女と外人の男の連れ合い。学生服姿で笑い合う男女五人の集団。西日を反射するバロック調の高級宝飾店の向かいにはパチンコ屋がぎらぎらと電飾を躍らせとる。

「――ただ、本当の大阪やないな。実際よりも強調して描かれとるみたいや」

「強調」

「大阪は二面性を持つ街や。華やかさと薄暗さ、人情と欲どうしさ、洗練された芸術性と猥雑《わいざつ》な庶民感。そのコントラストを際立《きわだ》たせようとしとる、作意を感じる」

「なるほど、『現実には興味が持てぬ』『現代の諸風景がうかうかと作品にあらわれることを私は今希望しない』か」

「なんやっけ？　それ」

「アンタの言葉だよ、生前の」安吾は鼻で笑う。「嘘で脚色された部分があるのなら、そこに侵蝕者の意図があるということかもしれねーぞ」

侵蝕者には、侵蝕者なりの文意《ホワイダニット》がある。大抵が身勝手な理由やが、読み解ければ、ヤツらを見つけ出すヒントにもなる。

駅に着いた。赤茶色の日干し煉瓦《れんが》の外壁に、金色の植物じみた曲線で縁取られたランプがいくつも取り付けられとる。やはりワシの知っとる駅とは少し違う。

階段は幅広く、象牙《ぞうげ》色《いろ》をしとる。そこを上ると、券売機が見えてくる。ボタンはひとつだけ。行先の名前も料金も書かれてへん。押すと、真っ赤な無地の切符が出てくる。安吾とふたり、顔を見合わせ、互いに摑み取る。改札に切符を通し、ホームに降りた。

人が沢山おった。みんな電車を待ってんねやろう。ベンチに座る者、立って談笑する者、手持ち無沙汰《ぶさた》に体を揺らす独り者、それぞれ思い思いに過ごしとるように見える。

「怪しい奴はいるか？」

周囲を見渡し、ワシは首を振る。

「いや、一見する分には」

侵蝕者は他者になりすまして潜伏できる。そう簡単には見つけられへん。

「なら、原作で待ち合わせをしていた女は」

「それもおらんな。まあ、ワシが書いたイメージから外見が改変されとったら見つけようもあらへんけど」

「ふむ、他の可能性から潰《つぶ》していくか」

安吾が顎《あご》に手をあてる。

「『郷愁』の作中人物は、他に誰がいた？」

「そんなに数はおらへんはずやで」

浮浪児である少年が真っ先に思い浮かぶが、安吾と出会った時点でなにも起きへんかったから違うやろう。

「残っとるのは、浮浪児の父親と――」

「俺が目覚めたとき、そばにいた男か。あそこは物語の最終盤だから最後に会おう」

「あとは乗客くらいや」

「乗客？」

「女と別れたあと、主人公は車内で陽気に話しとる二人組の男を見かけんねん」

と言ったところで、ホームにアナウンスが流れた。電車が走り込んでくる。

「ナイスタイミング。試してみるか」

車両が徐々に速度を落として停まる。『待ち合わせのため二分ほど停車いたします』

と放送が流れる。ワシらは開いたドアから乗り込んだ。

車内を見渡すと、まさにワシが書いたイメージどおりの二人組が談笑しとった。

「突然すんません」

と声をかける。男二人が同時に、不思議そうにワシを見る。

「誰かと待ち合わせのご予定やありません？　たとえばボクとか」

へらっと笑ってみせると、男たちの目がかっと見開かれた。二人は流れるような手つきで胸元に手を入れる。なんやろ、名刺？　と思った直後、二人が同時に折り畳み式のナイフを取り出し、刃を出した。

「危ない！」

と背後の安吾が叫ぶ。

「いや、大丈夫や！」

ワシは両手をそれぞれの男にかざす。どんな攻撃が来ても対応できる構えを取る――が、男たちはそのナイフの切っ先を反転させると自分の喉仏《のどぼとけ》に向け、勢いよく突き刺した。血が噴き出す。

「え!?　ちょちょ、なにしてんねん！」

他の乗客から悲鳴が上がる。

「ちい、止めるぞ！」

安吾とワシは、倒れ込む男たちそれぞれに駆け寄り、手のひらを喉元にかざす。

描写の衣。ワシら作家は、文章を思い浮かべることで作中世界を改稿できる。

――噴き出した血は、まるで自らそれを望むかのように勢いを止める。凝固し、傷を塞《ふさ》ぐ。やがて男たちは息を吹き返す。

描いて数秒後、そのとおりの未来がやってくる。血は勢いを止め、男たちの呼吸が戻る。安吾が額の汗を拭う。

「明らかな、侵蝕者による改変だな」

「ああ……けど、わけがわからへん。なんで急にこんな、自殺なんか」ワシの心臓は、まだばくついとる。

男らは意識を取り戻すには至らへん。事前に侵蝕者によって書かれとった描写が色濃いせいやろう。

「ひとまず、外に運び出すで」

少年安吾の上背では大人の体は運べへんから、ワシが男らをひとりずつ担《かつ》いでホームへ連れ出す。

そのとき、ずきんと左腕の注射痕が痛んだ。顔をしかめたワシを安吾がうかがう。

「おい、大丈夫か」

「ああ、大したことあらへん。そんなことより、浄化できそうな気配はないな」

「そうだな、コイツらは[redacted]じゃなかったということだろう」

男たちをホームのベンチに寝かす。目立ちすぎたせいか、車両やホームにおった人々が一様にこちらを見とる。駅員が歩み寄ってきた。

「あとは駅員さんに任せよか」

「っ、待て。様子がおかしい」

安吾に言われ、ワシも違和感を覚える。

駅員の目には生気がない。光を吸い込む墨色や。視線の先はワシらやない。駅員はきょとんとした顔で、ワシらのそばまで来ると、脇《わき》を過ぎて点字ブロックを越え、線路へとジャンプした。

「は？」

ワシと安吾が同時に声を出す。

ホームでワシらを見とった人らも、駅員に続くように、線路へと飛び込んだ。直後、電車の警笛が聞こえる。遠方からホームに進入してくる電車のライトがちらついて見える。

「おい嘘《うせ》やん！」

　ワシは手を伸ばし、飛び込む最後のひとりの裾《すそ》を摑むが、振り払われる。

　安吾が線路上の人々に手をかざした。ホームへと戻す描写を書く気や。しかし、すぐに首を振る。

「だめだ！　こいつら全員、侵蝕者の手が加えられすぎてる。修正が間に合わない」

「なんやねん、それ――」

　なにが起こっとんのか、なにを見せられとんのかまったく理解できへん。

「なら電車をどうにかするしかないで、安吾、手え貸せ！」

「おう！」

　二人揃《そろ》って線路に飛び降りる。電車と人々の間に立ち、迫りくる先頭車両に両手のひらを向ける。ふたりで叫ぶ。

「止まれえ!!」

　車両はキィイギギギギキィイ！　と甲高い金属音を立てるが、抗《あらが》うようにこちらに迫る。重量が大きすぎる。いくら描写でも、これだけ暴力的な物理法則を捻《ね》じ曲げるのは厳しい。描写の衣には、自分を構築しとる洋墨《インク》を消費する。魂、存在の根源を削る。意識が飛びかける間に、車両はもう目前、十メートル、いや五メートルや。こんなことなら科学小説の一本でも書いとけばよかった。「ワシは――」呻くように声を出すと、左腕の注射痕から血が溢《あふ》れる感覚がある。構わず渾身《こんしん》の描写を捧《ささ》ぐ。

「ワシは、嘘を書かせたら右に出るもんのおらん戯作者じゃ、あほんだらあ！」

　唾を飛ばすと同時に、手の先六十センチまで迫っとった車両の顔面がドン！　と鈍い轟音《ごうおん》を上げ、クレーターのように窪《くぼ》む。手のひらまで三十、二十、十、五センチ。指先が触れる直前で、鉄の獣は止まった。

　ふううう、と息を吐く。

「悪い、俺が全力を出せたなら」

　隣の少年安吾が汗をぬぐう。

「いや、安吾がおってくれてよかった。ワシひとりなら止めきれへんかった」

　左腕を見る。革ジャンでも隠しきられへんほど、袖の先から赤黒い血が溢れ出してきとる。

「おい、オダサク、その血――」

「平気や」

　それよりも。

　人々へと目をやる。

　彼らは一様に、自分らをさっきまでひき殺そうとしとった車両のツラをぼうっと見つめとる。両眼は墨色に濁り、光を反射してへん。止まった電車の操縦室に目をやれば、運転士も同じ目や。

安吾がワシの視線の先を見つめて言う。

「侵蝕者の目的は、なんだと思う？」

「そら、ワシの作った世界を壊したいんやろう」

「俺も最初はそう思った。だがそれなら単純に、眷属《けんぞく》を生み出して破壊させればいいんじゃないか？」

「眷属――」

そういえば。

「気づいたか？　これだけ派手に暴れても、まだ一匹も出て来ていない」

眷属とは、親玉である侵蝕者が作り出した配下や。洋墨を纏《まと》った異形で、作家を攻撃する。他の有碍書ならそろそろ一度くらいは出会っとっていい頃や。

「……確かに、妙やな」

「代わりに、と言っていいのかはわからねーが、ここらの人間たちには侵蝕者の丁寧な加筆が見られた。俺たちからの干渉を引き金として、自殺するような命令がな」

「干渉――ワシらが話しかけたから、あの男二人は自殺を試みたわけか？」

安吾は頷《うなず》く。

「そして、ソイツらとのやりとりを目撃した他の者たちも、俺たちの干渉を受けた扱いとなり、自殺を図った、と考えるべきだろう。侵蝕者が名もなき大衆の改稿に力を割いたのだとすれば、そのぶん眷属がいないのも納得がいく」

「なんでわざわざ、そないな回りくどい事を？」

「わからない。だから著者であるアンタに訊いているんだ」

　ワシは束ねた長髪の先端を指で触る。

　作品世界の破壊が目的であれば、他の方法をとった方が効率的や。けど侵蝕者は、わざわざ大衆の自殺という改変を選んだ。これにより生まれた被害は何か？

　結果から考えるに、ワシらの過度な消耗やろう。

「……自壊、か」

「自壊？」

「ワシら作家を直接攻撃した場合、作家未満である侵蝕者の筆力では分が悪い。やから弱者である大衆に自殺を促し、それを止めさせることで消耗させてんねやろう。この場合、ワシらは戦い慣れた戦術も使えなければ、武器も封じられる。さっきの電車みたいに、作中にある物を利用した殺害を企てられたら、それを力任せに壊すことも難しい。ワシら自身が作品を壊すことになってまうからな」

「なるほど。かといって一個一個の自殺を止めていたのでは」

「ワシらの身がもたへん」

　ずきん、と左腕が痛む。

視線をやると、血は紅色から、次第に墨色へと変色しとる。

自身の血さえ血として描写しきれんくなれば、それはすなわち、この作中世界で自身の存在を維持できへんくなる事を意味する。有碍書全体に染み渡る侵蝕者の文体に取り込まれ、自我なき洋墨へとなり果てる。

「オダサク」

「平気やて」

「だが」

「今朝、イカスミスパゲッティを溢《こぼ》してもうてん」

安吾とともに、駅を出ることにした。人目を避けながら駅近の、百貨店脇へ移る。地下階へと繋がる階段が公道沿いに口を開けとる。

その前に、浮浪者がおった。寝転がり、けつをぼりぼりとかいとる。

「俺が目覚めたときから変わらねーな」

おい、と安吾が揺さぶると、男はハッと振り返り、自らの首を絞め始めた。安吾がすぐさま掌底で脳を揺らすと、男はあっけなく倒れる。

「コイツもか、面倒くせえ。どうする？　待ち合わせ相手じゃなさそうだぞ」

「けど、他に登場人物なんかおらへんで」

「本来なら聞き込みをするところだが」

「この様子じゃ誰に話しかけても、自死を図るやろな」

背後で喧雑《けんざつ》が聞こえる。大きな車道を車が行き交っとる。時差式信号機が黄から赤に変わるところや。交差する歩道には大衆が待っとる。そちらが青になれば、彼らは押し寄せてくるやろう。ワシらと接触すれば、駅での騒ぎの二の舞になりかねへん。

「くそ、陰湿で面倒な世界観だぜ」

ワシは逡巡《しゅんじゅん》したのち、覚悟を決めた。

「安吾、ちょおソイツの身体を支えとってくれへんか？」

「なんだ。手早くずらからないとまずいぞ」

「すぐ済む」

安吾が怪訝《けげん》そうにしつつ、脱力した男の背面に回り、体重を支えた。

ワシは男の胸に、左の手のひらをあてる。

作家の手のひらは作品の中心に触れることができるもっとも高精度なツールや。目を瞑《つぶ》り、描写に触れる己を想像すると、手のひらはぬぷり、と男の体内へと融《と》け込んでゆく。男の身体がびくりと跳ねるが構わず奥まで潜入する。

侵蝕者が作品をいじれるのなら、作家がその改稿の軌跡を辿《たど》ることだって可能や。代償は重いが。

洋墨の海が瞼《まぶた》の裏に映し出される。ワシは泳いどる。水面はワシの書いた描写や。しかし水底の岩場に、ワシの文体とは異なる筆跡が、タールのようにへばりついとる。近づきながら目を凝らすと、その筆跡は奥行きを持っとる。黒光る墨の奥底に、暗い下り階段が伸びとるのが見える。

瞬間、誰かに見られる感覚がした。と同時に、階段の先に、人の背中のシルエットが浮かぶ。浮浪者やない。体格からしてその姿は——認知した直後に、バクンッ！　と意識が弾き飛ばされた。

はっと目を開き、左手を男の身体から引っこ抜く。

「おい、大丈夫か」と安吾が、心配そうにこちらを窺《うかが》う。

「ああ——」

男の方は、変わらず意識を失っとる。ということは、ワシを弾き飛ばしたのはこいつやない。別の意思や。

「何かわかったか」

「女」

「女？」

「女の背中のシルエットが見えた。おそらくこの小説を改稿した本人、侵蝕者や」

背後の歩道が青に変わる。安吾が「まずい。ひとまず逃げるぞ」とワシの手を引く。

「ちゃう」とワシは安吾の手を引き留め、浮浪者の背後を顎で指した。百貨店の、地下フロアへ繋がる階段が黒々と続いとる。

「あの情景を信じるなら、行先はこっちゃ。女は階段を降りた暗闇《くらやみ》の中におる」

安吾は苦々しく片頬を上げる。

「闇の女、か」

安吾が階段を降りていく。

その背中を追う前に、ワシはふっと顎を上げて空を見る。安吾が「どうした？」と振り返る。

「……いや、さっき男の中に潜ったとき、気配がふたつ、あった気がしてな」

描写に潜ったとき、誰かの視線を感じた。けどその直後に見えた女は、後ろ姿やった。ということはもうひとり、ワシを見とる誰かがおったことになる。

「一体誰が」

「わからへん」

作家仲間やない。おるならとっくに合流できとる。

ならば敵か？　侵蝕者以外にそんなヤツが？

「降りながら話すぞ」

ワシは頷き、身体《からだ》を地下へ滑り込ませた。

四

暗がりの、どこまで続いとるかもわからん階段を探りながら降りていく。明かりはない。やけど、この道で合っとると確信があった。己と異なる文体が、肌を撫《な》ぜる感覚が不快なほどに伝わってくる。侵蝕者に近づいとる。

「侵蝕者は女だと、さっき言ったよな」

先を行く安吾の声が、狭い階段に反響する。「ああ」とワシは返す。

「だとしたら妙じゃないか。本来、侵蝕者は登場人物と融合して身を隠す場合が多い。だが侵蝕者の融合した相手が、ホームで主人を待っているはずの女だとすると、アンタが出会うべき待ち合わせ相手はソイツでもないことになる」

確かに。討伐対象と出会った瞬間に浄化が完了する、なんてことはあり得へん。

しかしそうなると、■■は一体誰や？

「そんなキャラクターは、最初からおらへんかったっちゅう事か？」

でも、安吾の見た規則が間違っとったとも思えへんけど。

「もうひとつ可能性がある」

「なんや」

「世相とは、すべての人間がどうしようもなく持つ憂愁である――これが、『郷愁』の主人公が辿り着いた結論だよな？」

「せやな」

「それは誰の傍らにも佇《たたず》んでいる、だが虚脱や絶望と呼べるほど濃いものではない、もっと薄っすらと寄り添うもの――」安吾はワシの少し先の階段を降りながら続ける。「だから、ホームで待つ女や浮浪児のような当人よりも、主人公のような第三者からの方がよく見える」

「そういう話やな。どした？　急に」

「いやな、これは言い換えるなら、影のような存在じゃないかと思ってな」

「影」

　ワシも階段をとん、とん、と降りながら、影、ともう一度反芻《はんすう》する。「それで？」

「ならば、その影を探す必要があるんじゃないか？　この有碍書の主人公はアンタだ。そしてアンタにとっての影こそが、アンタにとっての『郷愁』であり、この有碍書にとっての結論《ゴール》となる」

　なるほど、一理ある。

「登場人物の中から探そうとするのが間違いだったんだよ。アンタの待ち合わせ相手は、もっと別のところにいる」

「ワシにとっての、待ち合わせ相手」

　安吾は足を止め、振り返る。ワシの背後の地上から微かに射《さ》し込んでくる光が、安吾の青い瞳を妖《あや》しく光らす。

　ここまで聞けば、安吾の示唆《しさ》したい相手が、ワシにもぴんとくる。いつもワシが求めたときに傍におってくれて、字引を引いてくれた女。ため息まじりに言った。

「家内か」

　安吾が頷く。が、ワシは首を振る。

「アイツは、もうこの世にはおらへん。作家でもないあいつは、転生もさせてもらわれへん。会うことは不可能やろ」

「それが、ここなら可能なんじゃないかって話だよ。アンタもわかってるはずだ」

「侵蝕者がワシの家内を作り出しとると？」

「あり得ない話ではない」

「いいや、あり得へんよ」

　ワシはあえて肩の力を抜き、鼻で笑う。

「あの女は、そんじょそこらの書き手が描けるほど薄っぺらくはない」

「そう思いたい気持ちはわかる。だが小説に書く描写は、本当だったらつまらない。これもアンタの言葉だぜ？」

それならよく覚えとる。生前に残した言葉や。今も考えに変わりはない。

文章は、共通認識の上に成り立つ記号の芸術や。空と書くことで空を、血と書くことで血を想起させる。そうして空想世界に没入させた読者を、いつしか摩訶不思議《まかふしぎ》な、虚構体験の中毒へと陥《おとしい》れる魔術。

いわば嘘《うそ》こそが、小説の華や。

「お、おい。オダサク」

急に、安吾が慌てたような声を出すから、ワシは安吾の視線の先に目をやった。

ワシの左袖《そで》がじんわりと黒く染まっとる。血色を維持できんくなった墨色の血が、革ジャンさえ黒く染め始めとる。

「アンタ、やっぱりさっきの無茶が――」

浮浪者に手を突っ込み、無理やりに侵蝕者を探ろうとしたからやろう。あれは他人の血液を体内に入れるようなもんで、拒絶反応がこちらの身体を壊してくる。

血管がどくどくと、太鼓を打ち鳴らすように疼《うず》く。麻痺《まひ》しとった痛覚が遅れてやってきて、顔をしかめる。

「平気や」

と溢した唾《つば》の一滴が、みるみる黒く染まって床に落ち、地下の闇と溶け合う。

「大嘘つきが」と、安吾が奥歯を噛む。

「嘘やないて」

「俺はこう見えて心配性でな、最悪を予想して生きる節があるんだよ」

いつも人を食ったような安吾が珍しく鋭い語調になる。人差し指を立て、その先をワシの胸に押し当てた。

「だから、アンタみたいに後先構わず全力を出し過ぎる人間を理解し切れない」

「せやな、ワシとアンタは同じ人間やない。むしろ真逆や」

「アンタが生前、病気を患《わずら》ったとき、俺はむしろ良いきっかけだと思った。これで休む理由になるだろうと。だが、違った。アンタは無理に無理を重ね、自壊した」

「あれは不運やっただけや。無理なんかしたことあれへんよ」

ワシの笑みに、安吾の眉《まゆ》がぴくりと揺らぐ。一瞬のうちにいくつもの言葉を頭に浮かべたような、複雑な表情をした。

でも結局は、チッと舌打ちをし、ワシの胸から指を離すと、短く告げた。

「前のアンタは、才筆の片鱗《へんりん》を残しただけでいなくなった。二度と同じ未来は見せてくれるなよ」

ワシは笑顔で返す。いつもと変わらず。

「ああ、任せとき」

安吾は小さく、ならいいんだ、と呟《つぶや》くと、闇を振り払うように背を向けた。

長い長い階段を降りた先は、石造りの廊下やった。

四角四面に切り取られた砂臭い石材が、人のようやくすれ違える幅を形作っとる。天井はアーチ状、光源は壁に等間隔で設けられた燭台《しょくだい》だけや。前を行く少年安吾の影が濃く長く、こちらに伸びとる。

左右に、錆《さ》びた鉄格子《てつごうし》に囲われた牢屋《ろうや》が並んどった。不気味な道をゆっくり歩く。

少し先の牢から声がした。

「もし。誰か、いらっしゃるのですか」

びく、と足が止まる。女の声や。

振り返った安吾と顔を見合わす。

まさか、と拒絶する自分と、ひょっとして、と心のどこかで期待しとる自分がおることに気づく。

ワシは安吾の肩に手を載せる。位置を入れ替わる。

じり、じり、と目標の方へ。部屋の寸前まで来たところで、まだ牢の中は覗《のぞ》き込まず、死角から声をかけた。

「誰や」

「私に、名前はありません。主人を待つという役目を与えられただけの存在です」

その台詞《せりふ》に、はっとする。

警戒は解かぬまま、意を決して鉄格子の前へと出る。無味乾燥な牢獄の中に、ひとりの女が膝立ちで、鉄格子を握っとった。

家内やない。

すうっと、胸の温度が冷える。

けど顔に見覚えはある。いや、厳密には見たことあらへんはずやけど知っとる。自分が生み出したキャラクターやからや。

「アンタ、駅のホームにおったはずの女か」

女は不思議そうな顔をする。

「ええ、なぜご存知なのですか？」

「説明は後や。そっちこそ、なんでこんな場所に」

「気づけば連れてこられていたのです。ここから出していただけませんか」

安吾が隣に並ぶ。ワシを見上げる。

「コイツが、アンタの待ち合わせ相手ということか」

「どうやろな」周囲を見渡す。「浄化が始まっとる様子はないが」

「私は、駅まで行かねばならないのです」

「牢屋から出して駅まで連れて行けば、浄化できるっつーことかもしれんぜ」

「あり得るな」

「とりあえず、アンタの奥さんが作り出されているわけじゃなくてよかった」

「ああ……せやな」

安吾と二人で、牢屋の扉に手をかざして解錠する。

女がふらつきながら、「ありがとうございます」と申し訳なさそうにする。

「連れてこられた、ということはアンタは侵蝕者に会《お》うたんか？」

「はい。今思えば、あのときの彼女がそうだったのですね」

「彼女」

「黒ずくめの」

「そいつはどこに？」

「この通路をずっと進んだ先です」

薄暗い廊下の先は、墨を塗りたくられたように黒い。そちらを見つめていると、胸の内に濁った欲求のようなものが湧《わ》いてくる。「安吾」と、気づけば口にしていた。

「この人を連れて出口で待っといてくれるか。ワシは侵蝕者に会うてみる」

「は？」

「五分待って帰って来えへんかったら、その人を駅まで連れて行ってやってくれ」

「何言ってんだ、ダメに決まってるだろ。女と会えたんだ、無理に侵蝕者と対決する必要はない」

「この先に、端の歩のヒントがあるような気がするんや」

「端の歩——」

そうや、型破りな一手。定跡外れの手法。若い読者がおもろがってくれる、文学の未来のための表現。

安吾が黙る。ワシは続ける。

「よう考えたら、こんだけ原稿に苦悩しとるタイミングで『郷愁』が侵蝕されたのは運命的やと思わへんか？　この物語は最後に、小説の道が拓《ひら》けた主人公の思いで幕を閉じる。この先へ進めばそれを体験できるかもしれへん。賭《か》けてみたいんや」

言いながら、しかし本当に？　と自問してもおる。その言葉は、嘘やないか？

牢獄の中の女が家内やないとわかったとき、ワシは内心でほっとしつつ、心のどこかで落胆したように思う。なぜか？　きっと、やっぱりワシは家内と会いたかったんや。侵蝕者が作った、こんな嘘っぱちの世界でも。

やからひょっとすると、ワシがこの先に進みたがっとる本当の理由は——

自分でも、自分の本当がわからへん。

「いや、だめだ」

と安吾が強く言うから、ワシは苦笑する。

「あのなあ、こういうときは普通、『……死ぬなよ』『……ああ』みたいな渋いやり取りをするもんやろ」

「さっき言ったばかりの言葉を覆《くつがえ》す気か？　お前の身体はもうボロボロだろ」

「安吾こそ本調子やないやろ」

「ならやはり、三人で駅に戻るべきだ」

「いや、ワシは先へ行く」

「どうしてそこまで頑《かたく》ななんだ」

どうして？　そんなの自分でもわからへん。けどワシらしく、気障《きざ》ったらしく言うならば——

「それが、織田作之助の生き様っちゅう感じがするからや」

と、笑ってみせた瞬間やった。

背中に鋭い痛みが走った。

あ？　と振り返れば、さきほどの女がワシの背中に手を押し付けとる。そこから墨色の血がどくどくと溢れる。ぐり、と女が手を回転させる。激痛にぐう、と声が漏れる。

女の手元が銀色に光った。ナイフや。

「なにを——」

「本当にすみません、騙《だま》してしまって」

女が、眉は悲しげに八の字に下げ、しかし口元には哀れむような微笑を浮かべとる。

「オダサク！」

と安吾の叫びが聞こえる。

前方へ倒れそうになり、片足でどうにか踏ん張る。筋肉の収縮で傷がさらに痛みと熱を爆発させ、意識が飛びそうになる。

その間に女が安吾の方へ駆け出し、距離を瞬時に詰めた。安吾を石床に組み伏せ、喉元をナイフの柄で押さえつける。安吾がかはっと声を漏らす。

「アンタ、侵蝕者か」

「坂口安吾。あなたの肉体には登場人物の要素が色濃く反映されている。この世界での活動は、創作者《私》の支配下にある」

「んなの、反則だろ」

「あなたもそれを利用して裏情報を読もうとしたでしょう。お互い様ですよ」

裏情報――■■のことか。やはり侵蝕者が検閲し隠しとったんか。

女が、ぐっと安吾の喉を圧《お》す。安吾は声にならへん息を吐き、かくんと脱力する。

直後、安吾の背中と床の狭間《はざま》にあった影がみるみる濃くなったかと思うと、まるで沼のように身体を飲み込み始めた。あっという間に鼻先まで沈んだ安吾は、最後にとぷん、と音を立てて影の中へと消えた。

蠟燭《ろうそく》の灯に照らされた、石床だけが残った。

「安吾！」

ワシは掠《かす》れた叫びを上げ駆け寄ろうとするが、脚が鉛のように重い。ひきずるようにしかにじり寄られへん。

先ほどまで安吾を組み伏せていた女が、ゆっくりと立ち上がる。

「己の迂《う》闊《かつ》さを悔いていますか？」

返答に詰まる。確かに、ワシのせいや。女と侵蝕者が融合しとる可能性には思い至っとったはずや。ワシらを見て自害せえへんかった時点で怪しむべきやった。家内の影が頭をちらついたせいで、判断が鈍った。

「こんな汚い手を使うとはな」

「至って自然な作戦ですよ。嘘は、創作の華です」

苦笑も出えへん。

「ワシの文学論をそんなふうに解釈するヤツがおるとは」

「解釈は読者の自由です」

「それは否定せえへん」

こんな侵蝕者が生まれたのもワシのせい。やからこそ、許せるもんやない。

「安吾をどうした」

「作品と融合してもらいました。一時的に、ですがね」

「融合――」

「これが私の提示する、文学の新たな可能性です。応用すれば、現実の作家が作品世界の虚構を取り込むことで、現実離れした力を手に入れることだってできます」

「はあ？」

「書物が現実世界に影響を与えるのと同じ理屈ですよ。恋愛小説が現実の人々の告白を後押しし、怪奇小説が恐怖を呼び起こす。時代小説が歴史の認識を塗り替え、政治小説が現代の見え方を変える。そういった影響力を、作家へ還元するのです」

……なるほど、理屈はわからんでもない。そもそもは有碍書《ゆうがいしょ》も、そういった影響力を禍々《まがまが》しく煮詰めた最たるものや。

「織田作之助」

「なんや」

「私と融合しなさい」

ぽかん、と口を開ける。

「私は文学の敵ではありません。織田作之助の自壊を止めたいだけなのです。私は、あなたを心配している一ファンです」

「言っとる事とやっとる事が矛盾しとる」

「それもこれも、あなたに自覚を与えるためです。あなたの肉体は既に限界です。ささやかな治療や薬では回復しえない。だから私という存在を取り込み、完璧《かんぺき》な織田作之助となるのです。私はあなたを知り尽くしている。あなたの足りない部分を補える」

女の瞳はあまりに真摯《しんし》やった。黒光る眩《まばゆ》さに、思わず目を細める。

「あほか。受け入れるわけあるかいな」

「なぜです？　あなたが受け入れてくれるのなら坂口安吾も解放しますよ。作品世界も元通り。何もデメリットはないはずです」

「ワシの身体を乗っ取らんという保証がないやろうが」

「そんなこと、するわけないじゃないですか。私が生かしたいのはあなたです」

「信用できへん」

「してください」

「それになにより」

「なにより？」

「生理的に気色悪い」

「まったく理解できません！」

「この感情を理解できへんのが、アンタのやばいところや」

勝手にワシの世界をいじくりまわして、安吾を呑《の》み込み、登場人物を自殺させるようなヤツと手を取り合えるわけがないやろ。

「でも、ならばどうしますか。あなたは現状のままで、この先の果てしない戦いを勝ち続けられると思いますか？」

女が、ワシの左腕の血の染《し》みを見やる。

「悪いが」

ワシは右手を女にかざす。

「嘘の創作なら負ける気せえへんねん！」

そして描写する。侵蝕者が後方に弾き飛ばされ、石の壁に張り付けられ、身動き取れへんくなる様を。強く迸《ほとばし》るワシの墨が、侵蝕者へと飛ぶ。

しかし侵蝕者は、

「描写の衣、ですか」

見飽きた、とでもいうように嘆息し、ナイフをさっと横に振った。するとワシの描写が切り裂かれ、空気中に霧散した。

「な――」

「あなたの描写に私の描写をぶつけ、中和したのです。言ったでしょう？　あなたのことなら知り尽くしている」

安吾と同じ台詞が思わず口をついて出る。

「反則やないか……！」

「お褒めに与《あずか》り光栄です」

女が微笑《ほほえ》んだ直後、がくんと膝《ひざ》が折れる。力を絞り出したせいや。手を石床に突く。

「身体は正直です」

冷たいはずの床が、ほんのりと温かい。見れば床の影が黒さを増し、感触がぬらりと柔らかなものに変わっとる。突いた手が沈み始める。安吾のときと同じや。ハッと慌《あわ》てて、影の弱い方へと倒れ込むが、それ以上立ち上がれはせえへん。

ふがいなさに、顔を歪《ゆが》める。

「さあ、あなたという存在に残された時間も選択肢も、もうありませんよ」

女が傍まで歩み寄ってくる。ワシは四つん這《ば》いのまま、その面《つら》を睨《ね》め上げる。

と、そのとき、またあの視線を感じた。ワシを見下ろす侵蝕者の、さらに向こうにもうひとつ誰かの視線が、確かにある。

……やっぱり、侵蝕者やないんやな？

誰なんや、一体。おるんなら見とるだけやのうて手のひとつくらい貸してくれや。

侵蝕者も、ワシの見つめる先が少しずれとることに気づいたらしい。警戒するように背後、斜め上の天井をうかがった。

「……なにか？」

その一言で、ふいに、やった。

ワシの中に閃《ひらめ》き——いや、推測程度の淡い仮説が浮かんだ。この視線の、正体。

作家ではない。かといって作中の登場人物とも違う。なら残るは浄化の条件となっとる人物、[redacted]しかおれへん。そしてそれは侵蝕者によって作り出された家内やないか——と、ついさっきまでは思っとった。

けど、もしそうならば侵蝕者が家内の居場所を把握しとるはずや。侵蝕者は浄化条件であるキャラクターを作り出し、隠しとる張本人なんやから。

やのに、侵蝕者の反応は少し違う。ワシが天井に視線を送ったことでようやく、そちらに気を配った様子や。[redacted]を検閲しとったのに、ソイツがどこにおるかは把握してへん？

違和感なら、もっと前からあった。そもそもワシにとって手助けとなる人物を、侵蝕者が作り出す理由がない。それに、この視線は安吾も感じてへん様子やった。

なぜワシだけが気づけるのか——待ち合わせ相手やから？　いや、だいたい「待ち合わせ」ってなんや。ワシはこの世界に潜った瞬間から今までに、誰かとそんな約束をした覚えはない。

ならワシはいつ、誰と約束をしたっちゅうんか——

ここまで考えれば、[redacted]にあたる答えはひとつしかあらへんのやないか。

ここは有碍書や。本の中や。

約束されたものといえば。

「なにも私だって、あなたにチャンスを与えなかったわけではありません」と女が言う。

「この潜書はいわばテストでした。選択を間違えたのがいけなかったのです」

「テスト――」

「織田作之助。織田作之助。織田作之助」

女は目を細め、ワシを見下ろす。

「偉大な作家を挙げるのであれば、あなたの他にもいます。志賀《しが》直哉《なおや》は極限まで洗練された文章力を持つ。川端康成《かわばたやすなり》は不確かなものを確かだと思わせる強引さを持つ。坂口安吾は、彼にしか見えない角度で世の中を切り取る両眼を持つ。一方あなたには、彼らのような突出した武器がない」

「えらい言われようや」

「あなたは、本来はごく平凡な物書きです。下町育ちの、根拠のない自信と大きな夢を持ちながら、都会へのコンプレックスが拭《ぬぐ》いきれず、非難されるとなにくそと抗い、しかし内心では少し揺らぎ、でもやっぱり自分には自分だからこそ書ける二流の可能性があると奮い立つ」

「……アンタ、本当にワシのファン？」

「しかし、それこそが人間ということです」

人間。

「あなたの武器は、可能性です。あなたは突出こそしていないが、潜在的にはどの力をも持っている。そこがあなたの底知れなさだ。まるで小市民の代表みたいな顔をしながら、どの作家よりも未知の伸びしろを感じさせる。なぜなら、あなたは常に文学の新たな可能性を模索しているから。自分の得意を文学に活《い》かすのではない。旧態依然とした文壇に風穴を開け、文学が持つ可能性を引き出すために、自分の形状を変容させようとしていたから」

そんなふうに自分を捉《とら》えたことはなかった。

「だからこそ、惜しいのです。若くして亡《な》くなってしまったことが。あなたの死が、自殺であったことが」

自殺？　とワシは思わず顔を上げる。

「ちょお待て。ワシはそんなこととしとらんで。病にやられてしもただけや」

結核にかかり、齢《よわい》三十五で死んだ。

「ええ、もちろん知っていますよ。しかし結核は死因ではない。最後の一押しに過ぎない。本当の死因は、無理をし過ぎたから」

女の目つきが鋭くなる。途端に、その目元が青く煌《きらめ》いたように見えた。はっとする。

僅《わず》かながら、安吾の瞳《ひとみ》に似とる気がした。アイツから言われた言葉がフラッシュバックする。――前のアンタは、才筆の片鱗を残しただけでいなくなった。二度と同じ未来は見せてくれるなよ。

なにが起こっているかを悟り、唇を嚙《か》み切る。

「お前、安吾を」

作中に取り込んだ、ということは、この女の中にも安吾の要素が混入しとるっちゅうことや。なんたる侮辱や。

けど今のワシには力が足りへん。切った唇から滲《にじ》む血さえ墨の味がする。

「あなたは端の歩《ふ》のように、玉砕覚悟で歩を進め、自壊した。この理由は一見、向こう見ずな頑張り屋だからであるように思えます。でも本当は、そうではありません」

ワシは答えへん。

「テスト、と言いましたよね？　私はこの有碍書内で、あなたが自らの命を粗末に扱うかどうかを見定めていたのです。不安は的中しました。あなたは電車を止めるときも、浮浪者の内部に潜るときも。そして最後に、引き返せばいい場面でも、傷《いた》んだ肉体を労《いた》わらず、躊躇《ちゅうちょ》なく歩を進めた」

「それが最善と思たからや」

「いいえ、それも嘘です」

女が平然と言い、ナイフの切っ先をワシの左腕に向けた。それだけで袖が破れた。注射痕《こん》が露《あら》わになる。

「転生後も薬を常用しながら、原稿を執筆する。その理由をあなた自身が一番よく知っているはずです。あなたの無茶な生き方は、文学へのひたむきさゆえではない。そう見せかけた、ゆるやかな自殺だ」

自殺。

「ワシがなんでそんなことをせなあかんねん、動機がないやろ」

「奥様を殺してしまったから、でしょう？」

目を瞠《みは》る。

顔に出さへんように努めようとも、反応してしまう言葉はある。

「あなたは小説に打ち込み過ぎたせいで奥様に無理をさせ、死なせた。事実がどうだったかはもはや誰にも知る由《よし》はありませんが、少なくともあなたはそう自責した。だから、作家としての美学を貫いて死ぬという大義名分に見せかけ、死に場所をずっと求めていた。いわば死の欲動《デストルドー》です。破天荒な生き様ぶって輝いていた織田作之助という作家像こそが、本当は等身大の小市民であるあなたが苦しみから逃れるためについた、最大の嘘だった――あれだけ可能性を語ったあなた自身が本当は、誰よりも未来を捨てた罪人だったのです」

勘ぐるな、と言い返したかった。ワシは生来こんな人間や、端の歩を突くような性格や、と叫びたかった。

けどその声を出すだけの力が入らへん。原因は、ワシがここまで無茶をしすぎたから。それだけは確かやった。

「あなたが端を歩いたのは、崖《がけ》から落ちることを望んだからですよ」

心に墨が滲むように、じんわりと知る。

――ワシはこれまで、自分すら嘘で誤魔化してきたんやな。

けど侵蝕者だけはどうにも騙せへん。コイツらは執念の怪物や。浄化するためには対話を避けられへん。そして対話をすれば、否応《いやおう》なく己の弱点を見せつけられる。

「やから潜書は嫌いやねん」

苦笑を漏らす。跪《ひざまず》いた床が温かい。身体が黒い世界に取り込まれようとしとる。

「もう一度だけ提案します。私と融合してください。あなたが頷《うなず》けば、すべてが手に入る。助かる選択肢は、他にない」

心なしか女の声音にも焦《あせ》りが感じられる。それがおかしかった。コイツは一方的で猟奇的ではあるが、ワシを思ってくれとるのも本音なんやろう。

選択肢は、他にない――確かに、ここからワシにできる逆転の手はほとんどない。端の歩どころか、飛車角金銀桂馬《けいま》に香車《きょうしゃ》、歩もなくした十九枚落ちでどう勝つか。そういう話や。

――けど。

皮肉にも、この女のおかげで目が覚めた。

こういう苦境でこそ、作家は第三の選択肢を見出《みいだ》さなあかんのやないか？

――賭けてみるか。

自分にだけ聞こえる声で呟く。

思い当たる策がないわけやない。限界まで追い詰められるが、やからこそ逆転の一手を指せる可能性も、まだある。

床に伏せとる己の影を一瞥する。ケッケッケと喉《のど》奥から声がせり上がる。

「なぜ笑うのです」

女が眉根を寄せる。

「アンタの提案を受けよう思てな」

「……え、本当に？」

「ああ、嘘やない」

女の目が驚きに見開かれる。

が、すぐに慈《いつく》しむように細められた。

「ようやく、わかっていただけたのですね」

女が抱擁でもするように両腕を広げる。すると、床の影から、真っ黒な洋墨《インク》が勢いよく噴き出した。洋墨は大小さまざまな人の手を模してゆく。真っ黒な大衆の手や。二本、四本、八本――触手めいた墨がワシの足に、腰に、肩に、首に絡《から》みつく。力強く、真っ黒な群体の内部へとワシは引《ひ》き摺《ず》り込まれてゆく。目を覆われ視界がなくなる。耳が塞《ふさ》がれ音が消える。鼻と口を覆われ、呼吸も途絶える。これまでのすべてと断絶されるように、意識が飛んだ。

真っ暗な中、頬の産毛《うぶげ》が懐《なつ》かしい空気の流れを察知した。

それで無意識に瞼を開いた。黒い手は目の前になかった。

ワシは書斎におった。

帝國図書館の自室やない。けど記憶の奥底で知っとる書斎や。生前に纏《まつ》わる風景やろうか。

背の低い机に向かい、胡坐《あぐら》をかいとった。部屋は薄暗いが、机の上には暖色のランプが置かれとる。原稿用紙が綺《き》麗《れい》に敷かれとった。自然と、原稿の締切が思い出された。今日や。責任を果たさな。生きて帰らな。みんながワシを待っとる。

心理的重圧から、背中に汗が伝う。そのとき、ようやく背後の気配に気づいた。

振り返ると、女が行儀よく足を畳んで座っとった。ランプの明かりに照らされとるはずやのに、顔だけは影になって見えへん。

でも不思議と、怖いとは思わんかった。むしろ自然に、問いが口から出とった。

「お前か？」

影の口角が、微笑むように上がったのがわかる。それで確信した。

家内や。

ごくり、と唾を呑む。唇を濡《ぬ》らしてから続けた。

「ここは、侵蝕者の作り出した世界か？」

「いいえ」

と家内は返す。

「ここはもっと原始的な場所です。侵蝕者とあなたが融合する前に、互いの内的情報が混じり合ってできた、海のような」

「内的情報――」

なるほど。侵蝕者の描写とワシの記憶が混濁した世界というわけか。

家内の顔が見えへんことにほっとした。あないに歪《ゆが》んだ女の筆で、家内の顔を描かれとうない。今はやっぱりそう思える。

一方で、こんなところでさえ家内の顔を再び見ることはできへんのやな、と当たり前の現実に暗くもなる。

正直なところワシはもう、家内の顔を、生前の白黒写真でしかまともに思い描けへん。そんなのは思い出なんかやない。ただの知識や。やからワシの内的情報をもってしてもコイツに不完全な姿しか与えられへんのやろう。

そう認めると、得体の知れん倦怠《けんたい》にも似た感覚が、両肩に覆《おお》いかぶさってくるようやった。

家内の口が動く。

「息災でしたか？」

「ああ」

「嘘、ですね」

見抜いたような断言に、ふっと笑う。この世界でも、ワシの左腕は黒く滲んどる。そりゃ隠し切れへんわな。

「責めてるんか？」

「もちろん。大切な主人ですから」

家内は微笑む。影だけの顔で。

ワシは無性に、家内に触れたくなった。けど家内は、手を伸ばしてもぎりぎり届かへん距離におる。

膝を少しだけ擦り寄せる、それだけのことがワシにはできへん。今さら軽々しく、できるわけがない。

　やからせめて、そのままの距離で頭を下げた。

「すまんかったな。無様な死に様で」

　ワシは自覚的な無茶により死んだ。家内を亡くした三年後に、後を追うように。どれもこれも己の弱さ故《ゆえ》やった。

「死に様など、もう構いません。あなたはそういう方だと知っていますから。私が許していないのは、あなたの生き様です」

「生き様」

「あなたにはまだ、やらなければならない仕事が残っているでしょう」

　すぐに思い当たった。

「端の歩《ふ》か」

「そう。新たな可能性を示すこと」

　可能性――

「ワシに、まだ期待してくれるんか？　こんなに悩んで失敗してばかりのワシに」

「もしも、あなたが道半ばで息絶えたままなら失敗です。しかし、あなたは生き返った。あなたの死は嘘になった。ならばまだ、活路は拓かれています。駒《こま》がひとつ、進める道は残っています」

これまでも、自分で自分を鼓舞してきた。

けど家内の声で言われると、遥《はる》かに輝かしい光景が眼前に広がるようやった。

広大な将棋の盤面や。ワシは歩。正面に、邪魔するものはなにもない。ただ一本の光の道がまっすぐ伸びとる。その先は白く発光しとって形は捉えられへんが、明るい未来には違いない。

「文学者として見れば、あなたよりも立派な方は沢山いるでしょう。しかし、作家として見るのならあなたには誰にも負けない武器がある」

「可能性、か？」

「多くの方はそう呼びます。でも私は、もっと違う言い方が好きです」

家内は墨色の向こうにあるはずの両眼でワシを見つめて言った。

「わくわくさせる力」

ワシは目を丸くする。

わくわくさせる力。

言葉を反芻し、思わず笑った。

「子供みたいな答えやな」

「ええ。でもその方があなたには似合う」

ああ。そうあれるといいな。

家内は真っすぐとワシを見た。

「嘘をつくなら、つき通してください」

ワシは響きを噛みしめ、しっかりと頷く。

「やっぱりワシは最後の最後、お前に助けられるんやな」

「私の言葉などささやかなものです。あなたが、かつていた棋士の背中に勇気づけられたように、あなたが挑戦する姿に勇気づけられている人たちが沢山います。あなたが奮い立つのは、その方たちのためです」

「そういう人間であろうと気障に生きとるつもりや。けど、たまに、ほんまにたまに不安になるときがある。ワシのやろうとしとることなんか、誰にも理解されてへんのやないかって」

「挑戦者とはそういうものです。光を見て、先頭を走っているのですから。でも必ず、見てくれている人はいますよ。ほら」

家内は優しく言ってのけ、天井を見上げる。ワシもつられるようにそちらを見る。

すると、家内とは違う誰かにひたり、と触れられるようなぬくもりを感じる。抱擁や接吻《せっぷん》ほどの熱量やない、もっとささやかで、赤子の髪の毛を梳《す》くほどの温度。けどワシを直接触っとるわけでもない。この世界そのものに触れる指先や。

それを感じとる隙《すき》に、家内は消えとった。

ワシは呆気《あっけ》にとられ、遅れて笑う。

——ほんまに、よくできた家内や。

辛気くさいのは、らしくないもんな。

「ほな、そろそろ巻き返すで。準備はええか？」

待ち合わせ相手、■■。それはワシが出会えれば浄化が成功する人物。けどそないなものを、侵蝕者が作り出すはずがない。許すはずもない。やからソイツは、侵蝕者の手が及ばへんところにおる。

そして待ち合わせも、ワシが作中に来てから行われたんやない。ワシが世界に降り立つ寸前、この物語の一頁《ページ》目が開かれた瞬間にされとった。そんな約束がこの世にひとつだけある。どんな物語でも絶対に守られる約束が。

物語の一頁目が始まるとき、作家は必ず、読者を結末まで連れて行くことを約束する。

ワシは顎《あご》を上げ、天井を——その向こうの外界を見つめる。アンタの視線と息遣いを感じる。この頁に指を触れ、この行に目を走らせ、次を期待してくれとる、アンタの存在を、今確かに信じられる。

「お待たせ。遅れてすまんな、読者はん」

ワシが美しい結末を書くと決め、アンタがそれを望んで頁をめくるとき、どんな絶望の淵《ふち》からでも、物語は逆転する。

五

身体《からだ》が熱い。瞼の裏が白い。目を開く。視界に光が満ち、じんわりと明順応してゆく。最初に見えたのは大気中に舞う無数の白い煤《すす》やった。それらはひとつひとつ、ぽっと微かな火を灯しては、桜の花びらに変わり、ひたりと床に落ちる。いくつも舞い落ちて、足元には桜の雪が少しずつ積もってゆく。

さっきまでワシに群がっとった手は既にあらへん。己の左腕に視線を落とせば、注射痕が熱を持って発光し、黒い墨を白い煤へと変えとる。ワシの腕が、ヤツらを葬《ほうむ》ったんか？　いや、それだけではきっとない。

「これは——」

煤の向こうで、侵蝕者の女が驚いたように口を開けとった。しかしやがて唇をきゅっと結び、状況を反芻《はんすう》するように奥歯を嚙んでから、絞り出すみたいに言った。

「そうか。辿《たど》り着いてしまったのですね、答えに」

侵蝕者の手から力が解かれ、ナイフが落ちる。カラン、と冷たい床を鳴らす。

「やはり知っとって、隠しとったんやな」

女の眉は、名残惜しそうにひそめられとる。一方で、口元は終わりを知っとったかのように微笑んどる。

「ええ。ただ、どこから見られているかはわかりませんでした。その方の視線は私でなく、いつも主人公に注がれるものですから」

安吾が気づけなかったのも、そのためか。

「気づくのに随分と時間がかかったで」

この書の浄化条件は、ワシと読者が待ち合わせること。つまり、シーンのどこかで足並みを揃《そろ》えて、互いを認識することや。

しかし、作中におるワシから読者の姿は見えへん。やからワシは、作中から紙幅をコントロールした。「このままでは終われない」というシーンまで読者はんを連れてゆく。読者はんは物語に続きがあることを期待し頁をめくろうとする。その一瞬だけは、ワシにだってアンタの指、アンタの視線のある場所がわかる。頁の最終行や。そこでワシらは落ち合った。

「いつ、気づきましたか」

「確信したのは、アンタがワシの視線につられて天井を見たとき。でも、最初から違和感はあった。誰かに見られとる感覚がずっと付き纏っとったからな」

「私の、完敗ですね」

「おおけにな」

　侵蝕者は、ワシがひと言に込めた意味を汲《く》み取ったらしく、微笑んだ。

「でも、あなたの進もうとしている道は茨《いばら》ですよ」

「平坦《へいたん》な道よりは、ずっとおもろいやろ」

「また自分を傷つけるのではないですか」

「かもな。でもそれは、ゆるやかな自殺やない。傷ついた身体が再生してまた強くなるように、先の世界へ進むための一歩や」

「信じていいのですか」

「任せとき」

　軽く言ってみせたが、侵蝕者はどこか不安を拭えへんような表情でこちらを見つめた。やからワシは大声でケッケッケと笑い、コイツが求めとる言葉を作ってやる。

「安心せえ。ワシは今度こそ、誰よりもワシの可能性を信じとる」

　それで女は、少しほっとしたように息を吐いた。と同時に、彼女の左胸がぼっと白く発火した。互いにそれを見て、また視線を交わし合い、一度頷いた。炎はみるみる彼女を包み込み、姿を光の中にくらませると、影さえもやがて煤へと変えた。

　人ひとりを消し去った煤は、次第に暖色に色づき、桜の花びらとなった。舞う花吹雪の中に、新たな人影が現れた。

よく知る男やった。もう少年やない、反骨的なグラサンに黒いジャケット、黒革のブーツ。この世のすべてに反発しようとでもいうような、不敵な笑み。

「安吾！」

「よう、オダサク」

気《け》怠《だる》そうに首を回す姿に、ワシもふっと肩の力が抜ける。「元に戻れたんやな」

「アンタが侵蝕者の描写に打ち勝ってくれたんだろ？」

「安吾も、手を貸してくれたやないか」

わかっとる。こちらの世界に戻ってきたとき既に、煤が桜へと変わり舞っとった。あれはワシの描写やない。坂口安吾の得意とする力や。ワシが外からの力で作品を変えようとしとる間、コイツは作中に取り込まれたことを利用して内側から対抗してくれとったんやろう。あくまで陰役に徹して。

「なんのことだ？」

肩をすくめてみせる安吾に、ワシは笑う。

「いや。ほんまにワシは何もしてへんで。力を借りただけや」

「借りた？　誰に」

「本が影響を及ぼすのは、作中だけやない」

指を頭上へ差す。

安吾はそちらを見上げ、目を丸くする。少し間があってから、ハッハと笑った。

「なるほど、そいつは盲点だった。俺も頭が固くなってたな」

「今さらになって、ようやくわかるわ。安吾の質問への答えが」

「ん？」

「棋士が、端の歩を突いた理由や」

ワシは、すっかり真っ白に煤けた天井を見上げて微笑む。

「世界を狭く感じたから」

安吾がグラサンの向こうで青い目を細める。唇の端を、にやりと上げた。

と同時に、ワシらふたりの身体がじんわりと淡く白い光に包まれ始める。指先が紐解《ひもと》かれるように文字列となり、螺旋《らせん》を描きながら外界へと昇ってゆく。

浄化が済めば、ワシらは戻る。

現実へ。

安吾も同じ光に包まれながら、言った。

「今回のように厄介な侵蝕者は、今後増えるだろうな」

「ああ、侵蝕者も元は人間。人間は適応と進化の生物や」

いつまでも同じ手では来《こ》おへん。この先は、さらに巧妙になるやろう。ならワシらは、その先の世界を見せなあかん。作家は守りに入っとったら生き残れへん。それはゆるやかな自殺や。たったひと吹きでもいい、新しい風を送り込まな。

「忙しくなるな」

「望むところや」

魂が優しく吸い上げられる感覚がある。読書を終え、本をゆっくりと閉じるときと似とる。さっきまでの嘘《うそ》の世界が消え、現実世界が目の前に広がってくる。忘れとった呼吸を思い出し、ゆっくりと吸って、吐く。それからじんわりと実感する。ああそうか、ワシは本を読んどったんやな、と。

けど、まったく同じ景色に戻ってくるわけやない。

世界は、読書前とはわずかに見え方を変えとる。同じようで違う色、違う匂《にお》い、違う距離。そんな感覚を知ったのなら、それが新しいっちゅうことや。読書はアンタを、三十分前よりもわずかに新鮮な世界へ連れてゆく。

可能性とは、そこで待ち合わせや。

ワシももうすぐ着く。世界で一番、わくわくする場所で落ち合おう。

転生地獄

case 夢野久作

【どうだ】
『今度は行けそうです』
【気づかれないか】
『可能な限り、行間を通りますよ』
【筆を執らせられるか、彼に】
『そこまではなんとも。変わったお人ですから』
【洋墨《インク》にも限度がある。これが最後になるかもしれん】
『承知してます。切りますね、そろそろ覚醒《かくせい》の時間だ』

○

一

ぬるい液中を漂っていた。乳白色のだだっ広い空間では、時折水泡がプクと浮かんでくるものの、音も光も一定だった。もうずいぶんとそこにいる気がした。

夢が一緒に溶けていた。揺り籠《ゆっさご》のようにユラリユラリした夢だ。母のぬくもりが遠くに灯っている。父の背中が遠くに聳《そび》えている。だが薄膜の向こうに霞《かす》んで見えるだけで、触れられはしない。私はここに、ずっとひとりいる。夜を迎え、朝を待つ。朝が来ればまたすぐ赤い日が沈み、黒く長い夜がくる。幾度も幾度も繰り返す。そのたびに小さな自分と、広すぎるここを実感する。なぜ私の息はまだ続いているのか。なぜ生命を消化し、代謝し、臓腑《ひゃくひろ》を動かしているのか。なんのために。誰のために。コックリコックリと考える。ポクトクポクと泡が立つ。コックリコックリ。ポクトクポク。コックリコックリ。ポクトクポク……

　ふいにポッと、乳白色の中に染《し》みのような黒い点が現れた。ちょうど牛乳に浮かんでくる黴《かび》のように。ウトウトと見ていると、その点はジュワーと攪拌《かくはん》され、胎児のような形を作り、みるみる育ち、やがて大人の型《なり》となった。

　自身の背丈の何倍もある長く黒いマントを、大蛇のようにたなびかせた怪人だった。

　顔は陰になって見えない。男か女か、少年か老人かも定かではない怪人は、液中で輪舞でも披露するかのように踊り始めた。催眠的な螺《ら》旋形《せんけい》を描きながらウネリウネリとこちらに迫ってくると、妙に長いマントに見えていた裾《すそ》の大部分が、洋墨だったのだとわかる。墨の濁流が、怪人を今にも呑《の》み込もうと背後から追っている。怪人は逃げているのだ。

　洋墨がついに背中を捕らえようという寸前、怪人はマントの陰に自らの姿を隠す。直後、洋墨がマントごと怪人を呑み込む。

墨が次第に散っていく。と、そこに怪人の姿はない。忽然《こつぜん》と消えている。あとには黒いマントが嘲笑《あざわら》うように、鮮やかな青まじりの裏地をゆらめかせながらプカリプカリと液中を漂っている。

洋墨の大蛇はしばらく、手持ち無沙汰《ぶさた》そうに左右を見渡していたが、やがて諦《あきら》めたのか、自身もまた乳白色の液中に溶けるように、消えた。

…………ブウウ―――――ンンン――――ンンンン……………。

私がウスウスと意識を取り戻したとき、蜜蜂《みつばち》が唸《うな》るような異音はまだ、弾力の深い余韻を耳の奥にハッキリと残していた。それをジイと聞きながら、アア、これは時計の音かな……とぼんやり思った。近くでボンボン時計が鳴っているのだ。

ココチヨイ余韻はしだいに薄ら消え、そこいら中が静まり返る。フッと目を開く。

白い天井が見えた。

ペンキ塗《ぬり》の生々しい質感だ。そこから熟れた蜜柑色《みかんいろ》の裸電球がひとつだけ垂れ、タールラタールラ、タールラタールラと時計回りに踊っている。電球の横っ腹には大きな蠅《はえ》が一匹、凝然と止まっている。

その真下の人造石の床に、私は大の字に寝ているようだった。

……………おかしいですね。

私は手足を動かさぬまま、瞼《まぶた》をイッパイに見開く。そうして眼球だけをグルリグルリと上下左右に廻転させてみた。

壁は青黒いコンクリート。二間四方ばかりの部屋だ。左右の壁には、黒い鉄格子《ごうし》と鉄《かな》網《あみ》が二重に張り詰められ、そのむこうに磨硝子《すりガラス》の窓が嵌《は》められている。足元を見れば上等そうな書き物机と椅子《いす》が壁にピッタリ付いている。その傍に鉄の寝台が一個、横たえてある。寝台の上の真白く柔らかそうな布団《ふとん》はキチンと敷き展《の》べられたままで、使われた様子はない。

頭上側の壁には、青塗の扉が岩乗《がんじょう》そうに佇《たたず》んでいる。

上体を起こす。

身体《からだ》には、白く清潔な木綿の着物が二枚重ねて着せてある。そこから突き出ている四肢はすらりと長い。右手を動かし、自分の顔を撫《な》でまわす。

………おかしいな。

鼻が高く、唇は薄くやわらかい。眼は切れ長、睫毛《まつげ》は長い。空五倍子色《うつぶしいろ》の頭髪が、古式ゆかしい女性のように長く垂れている。指どおりは？　いい。繊細な艶《つや》の感覚に股間《こかん》がモゾつく。腰帯を緩め、股《また》を確認する。活発な青年男子がそこにいる。

「……私は、誰でしょう？」

自分の身なのに、しっくりこない。この掠《かす》れた声も、他人様《ひとさま》のものみたいだ。

記憶喪失？　いや。軋《きし》む蟀谷《こめかみ》に指先を当て、脳髄に尋ねてみる。

――うん、思い出せる。私は、小説家だ。名は夢野久作《ゆめのきゅうさく》。

が、こんなに基本的な記憶にしては随分と長いこと、触れていなかった感覚がある。就寝前に枕元《まくらもと》に置いておいた水を朝に飲もうとすると、スッカリ黄ばんでいたかのような違和感。

「……キモチ悪い」

床を手探るようにノッソリと立ち上がる。

――それに、ここはどこなのか？

寝台の脇《わき》を通って青い扉の前に立ち、ドアノブを捻《ひね》る。開かない。施錠《せじょう》されている。時間は？　微睡《まどろみ》の中で聞いたボンボン時計を探す。が、見当たらない。磨硝子の窓の向こうは暗幕でもあるのか人工的な暗さで、昼か夜かも知れない。フーム。

「着物が汚れておらず、寝床が使われていない、ということは、私は最近ここに放り込まれた？　しかしその記憶さえないとは……」

電球の位置を再度確認する。壁に密着した書き物机を引き寄せ、電球の下まで持ってくる。その上にのぼり、立ち上がると、蠅と目が合う。私は腕をソチラへユーックリ伸ばし、最後の一瞬、指先を嘴《くちばし》のように射出して、蠅をつまむ。指紋の隙間《すきま》でモゾロモゾロ……と暴れる姿を観察する。

「オオイエバエ。日本、かしらん？」

蠢《うごめ》きが激しいので潰《つぶ》してしまいそうで、「オット、ごめんなさいね」と力を緩めると、蠅は発狂したように飛びまわってから、天井隅で動かなくなった。次に電球を外して検《あらた》め、埃《ほこり》が積もっていないことを確認する。この部屋自体、用意されて間もないのだろうか？　と疑問を持ったところで、

『もしもし』

どこからかくぐもった声が聞こえ、私は動きを止めた。

『聞こえますか、夢野さん。起きてください』

壁だ。さっき机と密着していた壁のすぐ向こうで、少女めいた可愛《かわい》らしい声が喋《しゃべ》っている。

ハテ……？　と私は首を傾《かし》げ、ペタペタと素足で近づいた。壁に耳を押し当てる。

「もし。どちら様でしょう？」

『アナタを救い出しにきた者です。よく聞いてください。アナタは目覚めなければなりません』

「ええ、いま起きたところでして」

『いえ、まだです』

「まだ？」

『いいですか、そこから脱け出すのです』

「ここはどこなのですか？」

『返事をして。怪しまれないように』

「返事？　しているじゃ――」

ありませんか、と言い終えるよりも早く、コンコン、と背後で金属めいた音がする。振り返る。青い扉が、ノックされている。

凝視していると、またすぐに、コンコン……。

私はその扉と、今しがたの壁とを交互に見る。壁のほうに耳を再び付けてみたが、もう少女の声はスンとも聞こえなくなっていた。

少し考える。――返事をして？　成程。

「はい」

と扉の向こうに返してから、ドアノブに歩み寄る。そういえば鍵《かぎ》がかかっているのでは、と思ったところで、ガチャリと開錠音が鳴り扉がこちら向きに開いた。

頭上から、大きな影がノッソリと落ちてくる。

中年の巨男《おおおとこ》が立っていた。

髪の黒に白が混じり、ウェーブがかった頭部だ。眉《まゆ》は太く、顎《あご》には鬚《ひげ》を蓄えている。肩に深い草色のジャケットをかけ、白いシャツに紐《ひも》ネクタイを結んでいるが、その胸筋はムッチリと張り出している。袖捲《そでまく》りした腕には健康的な筋が浮き出し、スラックスの太腿《ふともも》は逞《たくま》しい。温かいような、恐ろしいような風体に、思わず顎を引く。

巨男は彫りの深い双眸《そうぼう》で私を見下ろし、分厚い唇を動かした。

「よく眠れたか？」

低い声が腹に響く。

「……ええ、お陰様で」

「自分が誰か思い出せるか」

「夢野久作」

巨男は眉間《みけん》に皺《しわ》を寄せる。怒っているのか悲しんでいるのか。いや、疲れているという印象が一番近い。「アナタは？」

「私はここの室長だ」

と、彼は名刺を差し出した。

帝國図《ていこくと》書館《しょかん》附属特別補修室　室長

とだけ書かれている。

「……失礼ですが、お名前は？」

「私に名はない」

「ない？」

「正確には必要ない、だが。今はただ室長と呼んでくれればいい」

「………はあ」

イマイチ意味がわからない。

「図書館？」

てっきり記憶喪失かそれに類する症状で病院に入れられているのだと思ったが。

「君は転生させられたのだ」

「転生」

「落ち着いて聞いてくれ」

室長の説明は摩訶不思議《まかふしぎ》なものだった。

世の中に突如現れた侵蝕者《しんしよくしや》という存在が、書物を侵し始めた。侵蝕が進んだ本は世界から消え、本が消えると、そこから学ばれた思想も消える。恋を描いた詩がひとつ消えれば、世界が恋を少し忘れる。努力を描いた小説がひとつ消えれば、世界が努力を少し忘れる。

気づいた人間はひと握りだ。帝國図書館の特務司書たる錬金術師《アルケミスト》、およびサポートにあたる図書館員たち。彼らは侵蝕者に対抗するための戦力として、歴史上の文豪たちを転生させた――

「そんな荒唐無稽《こうとうむけい》な話を信じろと？」

「生憎《あいにく》、真実だ。嘘《うそ》だと思うのなら眠る前を思い出してみるといい。ただし脳でなく肉体の記憶を呼び起こすように」

「肉体……」

私は半信半疑ながらも、自分の手のひらを見つめ、この身が眠る前にどうあったかを想像してみる――と、まるで昨日のことを思い出す程度の気軽さで、一生分の映像が次々と断続的に、目の前に瞬《また》いた。ウッとフラつく。

最初に強く閃《ひらめ》いたのは、花火だった。

満一歳頃。祭りだろうか、みずみずしく咲いた大輪を見つめる、美しい実母の映像が浮かぶ。だがその像はすぐに、空に散る火花みたいに崩れて溶ける。

続いて現れたのは黒い女性の影だ。継母だ、と理解できた。継母は私に厳しかった。私はよく俯《うつむ》いていた。足元に落とした視線に映るのは、私の影だろうか？　頭が異様に大きく、身体は細い――そうだ、私は生まれつき頭蓋《ずがい》が人より大きかった。そのせいか学問の成績はよかったが、反して身体は虚弱で、おまけに性格が変わり者だからひとりでいる時間が長かった。心の中にある鏡とばかり話をしていた気がする。私と継母、二つの黒い影を飲み込むように、もっと巨大な影が落ちてくる――

父だ。

父は日本中を飛びまわり、家には滅多に帰らなかった。借金が多く、私と継母は貧窮に瀕《ひん》した。だが弁舌達者の人脈家である父は、「政界の黒幕」と評されるほどの政治運動家でもあった。

父は私を、中学卒業後すぐ軍に入れた。やせっぽちの私を父の権力が押し入れた。でも私の興味は本当は、能や美術、川柳、小説にあった――思い出したくない、と思うが、一度再生を始めた映像は止まらない――十六歳。幼い頃の頭脳が嘘のように学業不振となった私に、父は将来の目的を訊《き》いた。「文学で立ちたい」と伝えたが、父は不満げだった。では美術は、とうかがうと気にくわない様子だ。でしたら農業をやりますと言うと、父は認めたものの、「俺の顔色を見て目的を変えるなどダラシない」と告げた。こうして始めた農業に、私は失敗する。さらに継母が、実子たちへの思いもあってだろう、私の廃嫡《はいちゃく》を図りはじめる。私は逃げるように仏門に入った。どんどんと映像が黒ずんでくる。以降はダイジェストのような早送りだ。その仏門さえ、私は二年ほどで還俗《げんぞく》し、農業をやり直す。その後、親の許した人と結婚。三人の子を授かる。能の教授や新聞記者をやる。三十七歳、小説が入選し文壇に入る。郵便局長を務める。四十七歳、脳溢血《のういっけつ》でパタリと死ぬ――

　プツン、と黒いフィルムが終わる。私は両の蟀谷《こめかみ》を指の腹で強く押さえる。

「……死の、記憶がある？」

　室長が、こくりと頷《うなず》く。

「納得したか」

「納得はしていませんが……理解は」

「感想はどうだ」

「キモチ悪いです」

「急な情報量だ、酔うのも無理はない」

「そうではありません。思い出したのです。夢野久作の意味を」

　まだ若い頃だ。私が父にはじめて小説を見せたとき、父は言った。

　――夢の久作が書いた小説のようだな。

　博多の方言で、夢見がちな変人、という意味だ。文弱を嫌った父はこうも言った。文学は神経過敏な奴《やつ》がやるオモチャだ、考えすぎるな。

　黒ずんだ思いが囂囂《ごうごう》と渦巻く。

　私は、考えたくて考えていたわけじゃない。考えるしかなかっただけだ。

　実母を知らず、実父には理解されず、継母からは廃嫡を画策され、そんな子が生き残る術《すべ》は、生まれた意味を考えるほかになかった。

「私がキモチ悪いのは、この名が、父につけられたものだからです」

室長は微笑《ほほえ》む。

「一度目の人生では、そうだったろう。だが君には二度目の人生が与えられる。もうそんな思いはしなくてよい。人生をやり直せ」

「人生を、やり直す」

「しばらくは好きに創作をして過ごすといい。ここには、そのための書き物机もある」

「この部屋は？」

「君を侵蝕者から守るために特別に作った」

「私は戦いに協力しなくてよいのですか？」

「しばらくの間は私が手を回しておく。小説家の仕事は本来、小説を書くこと。そうだろう？」

「まあ、確かに」

「足りないものがあれば言ってくれ」

「あの、しばらくとはいつまで？」

「さあな。だが随分とかかりそうだ。外の世界の闇《やみ》は根深いから」

「そうですか………」

窓を見る。鉄網の向こうは黒い。ついでに、書き物机が目に入る。私が移動させたせいで、電球の下で所在なげにしている。でも、その不自然な机が今の私の投影という気がした。本来の居場所にいる心地がしない。

アア……きっと、今の私では書けない。

そんな恐怖がニジュリニジュリと、茹《ゆだ》った飴《あめ》細工のように体内で音を立てている。父から与えられた夢野久作という名でいる限り、きっと。では本名なら？　それだって親が付けた名だ。

他の作家たちは平気なのだろうか、と気になり壁の方を見た。

「そういえば、この部屋の隣には、私以外の作家も暮らしているのですか」

「隣？　いや。どうしてだ」

あれ？　違うのか。では、あれは一体——

そのとき、コツと微《かす》かな物音がした。私が視線を向けた先、さっき少女の声がした壁の向こうからだ。

「何だ」

途端、室長の目が鋭くなる。彼はノッシノッシと巨体を揺らし、壁に歩いてゆく。その筋骨の盛り上がった背中を見つめていると、さっき聞いた少女の声が、耳の奥で反響した。

――そこから脱け出すのです。

少女と室長。どちらかを信用する根拠などない。ただ、このキモチ悪さをどうにかしないと。そのことだけを考えた。

書き物机の上の電球にふと目がいく。今、廻転は止まっている。蝿がいつのまにか戻ってきてそこに乗り、私の背後にある扉をジーとうかがっている。

私はゴクリと唾《つば》を呑むと、そうっと後ずさった。室長の背中を見たまま手探りでドアノブを握り、静かに開けると、隙間から蝿が勢いよく飛び出した。

同時に私も、虫のように身体を滑り込ませ、脱出した。

外は、白く長いコンクリートの廊下だった。正面に無味乾燥な丁字路が見える。

いま出てきた部屋の青い扉には、外側にだけサムターン錠のつまみがついていた。それを施錠する。

扉のすぐ脇には、病室じみた白い標札が貼《は》られていた。長さ一尺ほどの板にゴジック式の文字で「保護室」と書いてある。患者の名を書くべき欄に記述はない。

標札とは逆の壁には凹《へこ》みがあり、中に鉄格子と鉄網がかけられている。網の向こうには人間の背丈ほどもある柱時計が設置されている。さっき鳴っていた時計だろうか？

だが今その音は聞こえない。唐草模様の付いた長針と短針がカッゴンカッゴンと右へ左へ、巨大な真鍮《しんちゅう》の振子球を揺らすばかりだ。無限に時を刻まされている囚人のようだ。

六時三分。朝か、夜か、やはり判別できない。

そこまで観察したところで、アレ？　と一歩後ずさる。部屋の左右をもう一度確認する。

　標札と、時計。

扉や窓はない。つまり、さっきまで私がいた部屋の隣に別の部屋はない。

なら、あの少女の声はどこから聞こえてきたのだ……？

ドン！　と扉を叩《たた》く強い音。続いて、

『そこにいるのか？』

と、室長の声が優しく語り掛けてくる。

私は反射的に身を半転させる。廊下を駆け出す。裸足《はだし》がペタタ、パタタン、と滑稽《こっけい》な音を鳴らす。まだ神経と筋細胞が慣れていないのか足が絡《から》まりそうになるが、走らなければ食われることを知っている仔鹿《こじか》のように、ペタタ、パタタン。冷たい床を踏み蹴《け》ってゆく。

　背後で、バキャラ、と扉が破壊される音がした。振り返らずに走る。

二

脚は次第に、器械的に廻転速度を上げ、素足は冷たいコンクリートに密着しては離れてを繰り返す。鼓動はそれを追い抜くように激しさを増す。グンパ、ドウ、グンパ、ドウドウ。肉体が必死になるほど、脳髄は冷酷に自己を見つめた。私は父に小説を見せた。そのせいで、夢野久作になってしまった。

――なぜ、見せたのだろう？

あの父なのだから、否定されることなど予想できていたのに。

苦悩や思いを伝えたかったのだろうか？　あるいは、お前はよくやっていると褒めてほしかったのだろうか？　それとも、対等に見てほしかったのか？　お前も知らぬ間に大人になったな、と。

過去の自分の考えがわからない。だから今、こんなわけのわからない状況になっている。このあとどうする？　どこへ行く？　それだって決めていない。生まれたての嬰児《みどりご》のように、何も知らない。

室長が追ってきていないか、背後を確認する。人気《ひとけ》はない。といっても既に角を曲がったせいで、扉のあった廊下がどうなっているかも、もう窺《うかが》えないのだけれど。

そのとき進行方向から、

「よく、こちらの道を選びましたね」

と声が聞こえ、私は飛び跳ねるように停止する。

「やはりアナタの本能は、進むべき道を知っているようだ」

正面に、少女が立っていた。

背丈は私の胸のあたりまでしかない。心持地味なお納戸《なんど》の着物に、新しげなフェルト草履。両手の指を胸の前に折り目正しく揃《そろ》え、白い廊下の真ん中にポツンといる。

「……どちら様でしょう？」

ドクドクと、まだ跳ねたがっている心臓を呼吸でどうにか黙らせる。

「先ほどお話ししたではございませんか」

「さっき？　ア。え、でも」あそこには、部屋がなかった。「どうやって？」

「行間を往来したのです」

「行間？」

「じっくりと教えて差し上げたいのは山々。ですが時計は既に動き出しています。ただし、少しずつズレて。ここから先はまだ誰も知らない未来。ワタクシにも推理は難しい」

私は眉根を寄せる。

「なにをおっしゃっているか、チンプン・カンプンです」

「アハハ。ともかく、アナタはここから脱出しなければならないということですよ」

少女が歩き出すから、私も続く。

「外には侵蝕者がいるのではないのですか？」

「いいえ、いるのはアナタの誕生を待ち望んでいる人々です」

「え。室長の言葉と反対です」

「ええ、アノ男こそが侵蝕者の親玉なのですから――アナタも、その可能性が想定できたからこちらへ来たのでは？」

「いいえ、明確にイメージできていたわけではありません。ただ、あのままでは執筆できないと思っただけで」

だからキモチ悪さから逃げるように、書き物机から離れるように走った。

…………イヤ。違うのか？

ひょっとすると私はもっと単純に、あの大きな背中に、父を重ねてしまっただけかもしれない。頭が痛い。昔の記憶と、今の私、整頓《せいとん》された思考と、滅茶苦茶《めちゃくちゃ》な感受性、どれもが混ざって私を獲《と》りあっている。

私は無理やりに、今の論理的な私に引っ張り戻すために喋った。

「つまり、私は彼に、拉致《らち》監禁されたのですか？」

「監禁はそのとおりですが、拉致は少し表現が違いますね。アナタが現実だと思っているこの世界は、侵蝕者が作り出した精神世界にすぎません。厳密な定義では、アナタはまだ、生まれてもいない」

「ハ？」

少女は微笑む。

「ワタクシたち帝國図書館の面々は、アナタを転生させようとあの手この手を尽くしました。が、何度試みても、どうしてもうまくいかなかった。調査したところ、アナタの魂はアノ男――侵蝕者が作った世界の中に囚《とら》われていた」

私は眉間をつまむ。白昼夢のように、非現実的な単語ばかりだ。

「あの男が、私の転生を阻《はば》んでいる？」

「おっしゃるとおり」

「なぜそんなことを」

「それが今回の侵蝕者の文意《メッセージ》、ということになるのでしょう。この世界から抜け出すには、文意を解き明かす必要があります。世界が作られた意図がわかれば、脱出法もおのずと見えてくる」

「無茶な。私は彼のことなど知りません」

「でしょうね、侵蝕者は大抵、一方的に作家への妄執を持っているにすぎませんから。

でも大丈夫、そういうときは、この作品について調べるのです」

「この作品？」

少女は人差し指で、地面を指した。

「ここもまた、本の中です。侵蝕者の手が加えられた世界ではありますが、彼らはゼロからものを作れる存在ではありません。もとはアナタの作品世界だったものを改稿しているにすぎない——原作についてよく思い出せば、侵蝕者がなぜこの世界を選んだのか、その意図が見えてきます」

「なるほど」

言われてみれば確かに、自著に関する記憶がまったくない。ここは本の中だというが一体なんという本なのかもピンとこない。

「気になさる必要はありませんよ。誰しもが最初は、記憶に欠落があるものですから」

私は顎に手を当てる。少女の爪先《つまさき》から、頭頂部までをジロジロと見る。

「しかし、そう言うアナタを信じる根拠もありません」

少女はきょとんと眼を丸くした。

「だってそうでしょう？　アナタが何者か、まだ訊いていません」

「ククク、ふはは！」

「何が可笑《おか》しいのです？」

私が首を傾げると、少女は手を口元に当て、「すみません」と微笑んだ。「それでこそ、探偵小説書きです」

「探偵？」

「ご安心ください。ワタクシもアナタと同じ、小説家ですよ」

「え、その幼さで？」

「ああ、今は仮の姿で失礼。なにぶん、この世界ではアナタの作風に合わせないと存在の維持が困難でして」

作風。私が年下の女性趣味だとでも言うのかしらん？

「お名前は」

「おっと、前、来ますよ」

と言われ、正面へ向き直る。

延々と廊下が続いている。左右の壁には私がいた部屋と同じデザインの青い扉が等間隔にトントントンと並んでいる。その廊下の先の十字路に、巨大な肉塊が浮遊していた。

耳？

そうとしか言えない形だ。渦巻管の露出した、ヒトの耳。それはフョフョと上下に揺蕩《たゆた》っているように見えたが、私たちを察知すると耳の穴をこちらに向け、内部のつち骨、きぬた骨、あぶみ骨をコツ、コツコツ、コツコツコツコツコツコツと打ち鳴らし始めた。その振動は鼓膜を響かせ、外耳道を逆流して増幅され、喇叭《ラッパ》のようなパ────ッ！　という不快な大音量を耳孔から放出した。

思わず耳を塞《ふさ》ぐ。と同時に、左右に並んでいた扉の色が、青から赤に、みるみる染まるように変色していく。赤一色となった六つの扉が一斉にバタッ！　と開く。室内から、巨大な円筒形の硝子《ガラス》瓶がノソリと現れた。青唐辛子《ハラペーニョ》を漬けておくような形だが、サイズは人を容易に収めてしまえるほど大きい。瓶は底をメリーゴーラウンドのようにグワン、グワン、グワワン、グワンと廻転させながら列をなしてみるみる近づいてくる。瓶の中はタップリと樹脂めいた粘度を持つ藤黄《ガムボージ》色の液体で満たされている。その液中に、ヒトの胴体が浸《つか》っている。頭と四肢は切断された、胸と腹だけになった肉だ。アレ、臍《へそ》が随分と黒いな……と目を凝らしていると、その穴からズルリと注連縄《しめなわ》のような臍の緒が湧《わ》いて出て、瓶の上部へとウネウネ伸び、シッカリと閉められていた瓶蓋《ぶた》を内側から器用に、クルクルと開けてみせた。

開放された瓶口から、腐った魚介のような臭気がモワッと辺りに立ち込める。直後、臍の緒がこちらへズュルルルルルウ────ッ！　と高速で伸びてきた。

「避《よ》けて！」

少女の叫びを聞いた瞬間、網膜にパッと奇妙な画《え》が瞬いた。臍の緒が、私の左半身をバグンと切り裂いている画だ。

ハッと反射的に右へ飛ぶ。考えずとも身体が動いた。次の瞬間、ドグッと破砕音が響く。

転がりながら立ち上がると、さっきまで私のいた床が砕かれ、臍の緒の先端がメリ込んでいた。コンクリートは砕けるだけでなく溶けている。臭気が顔にかかり、コホ、と咳《せき》をする。同時に、左脹脛《ふくらはぎ》にピリッとした痛みが走る。視線を落とすと、線状に血が出ている。掠ったのか？　あと一瞬遅ければ——

臍の緒はコンクリートから面を上げ、先端をピロピロピロピロ……と蛇の舌のように振動させている。

ゾッとして少女を見れば、彼女は残り五つの瓶詰からの攻撃を避けきれず、四肢にいくつもの裂傷を負っている。だが痛そうな声ひとつ上げず、回避を続けている。その様がまるで舞踊のように見える。いつまでも躱《かわ》し続ける少女にしびれを切らしたように、私のそばにいた瓶詰もそちらへ加勢すると決めたらしく、六つの瓶詰が一斉に彼女へと飛び掛かった。

……ア。おしまいだ。

そう思った瞬間、気づく。少女の足元の床では、散布された血がキレイな魔法円を描き上げている。直後、その赤が真っ青に発光し——グヂリリリテリリリ！　とガラスを削るような不快音が響き渡った。同時に大量の血しぶきが飛び散ってきて、顔にかかる。私はそれを拭《ぬぐ》い、なにが起こった？　と目をカッと開く。

だがそのときにはもう、瓶詰たちは忽然《こつぜん》と消えていた。

……ハテ？

どうやら先ほどの魔法円が、あっという間に底抜けの穴となり、瓶詰たちは下へと落ちていってしまったようだった。

少女が覗《のぞ》き込んでいるので私も同じようにすると、真っ暗な筒穴のずっと先に、ステキに大きな肉挽《にくひ》き器械のギザギザ渦巻き刃が、グラグラグラと廻転していた。その銀色が新鮮な赤い血をべっとり艶《なま》めかしく活《い》き活《い》きと光らせているのだった。

私は刃から目を離せないまま、少女に改めて尋ねた。

「アナタの、お名前は」

「江戸川乱歩《えどがわらんぽ》」

と少女が答えるから、腰を抜かしそうになる。

「大作家先生ではありませんか」

「アナタには、安っぽい名前と言われましたけれど」

「え？」

「お気になさらず。記憶に欠落はあるものですから――特に、都合の悪い記憶は」

悪戯《いたずら》っぽく笑う彼女に、なんだか気まずくなって俯く。頬から口元に滴《したた》ってくる新鮮な血を、ぺろりと舌で拭う。

「……あの。今のバケモノは」

「侵蝕者の眷属《けんぞく》です」

「あんなモノたちと、アナタは戦っているのですか」

「ワタクシではありません。ワタクシたち、ですよ。アナタも作家なのですから」

唾を呑む。私も、作家。

本当に？

「都合の悪い記憶がないというのなら」と私は言っている。「……私が自著の記憶を持っていないのも、それが理由かもしれません」

「ほう？」

興味深そうに少女がこちらを見る。

「私は正直なトコロ、夢野久作であることをまだ受け入れきれていないのです。だから、この作品世界のことも思い出せないのでしょう」

「そうですかね？　ではなぜ、先ほど血しぶきが顔にかかったとき、悲鳴を上げるどころか状況に刮目《かつもく》していたのでしょう」

「え、そうでしたか」

「そうでしたよ。ワタクシには、自作を理解しようとしているように映りましたが」

「そんなつもりは」

「つもりがない行動にこそ、真意が宿ります」

フフ、と少女は指先を口元にやって笑う。

「あの速い攻撃を、ワタクシよりも精確に避けていたようですし。奇妙なお人だ」

「アア……」

たしかに、なぜ躱せたのか自分でもわからない。私の肉体は本来、虚弱なはずなのだけれど。あのとき見えた景色は？

こちらを見つめる少女の碧《あお》みがかった瞳《ひとみ》は好奇心に満ちて純粋で、私は、つい目を逸《そ》らす。

パ――――ッと、浮遊する耳がまた喇叭《ラッパ》を鳴らす。私たちはハッと顔を見合わせ、また駆け出した。もうすっかり機敏さを失った虚弱な身体は軋《きし》みを上げるが、必死に少女を追いかける。

「もう少しの辛抱ですよ」と少女が慰める。

「この先に、出口が？」

「いいえ、書庫です」

三

十字路をジグザグに進んだ。六度曲がったあたりで、明るい外廊下に出た。

乳白《ちちしら》んだ眩《まばゆ》さに目を瞑《つぶ》り、薄っすらと開く。

外廊下の左右は白い砂地だった。そこに赤い血じみた豆菊、ピンク色の夢見がちなコスモス、紅と黄の奇妙な内臓の形をした鶏頭が咲き乱れ、そのまた向こうは深緑色の松林になっている。空と松林の隙間から、蒼《あお》ざめた光の筋がツーと垂れるように照りかかり、光を浴びるように、青ペンキ塗の、二階建の木造西洋館が建っていた。

私は両手を膝《ひざ》につき、ハア、ハア、と息を整えてから、頬にへばりついていた長い髪を耳にかける。

彼女は息ひとつ乱さず微笑んだ。

「どうやら撒《ま》いたみたいですね」

青い洋館まで歩く。

正面の、観音開きの扉を引き、暗い廊下へと侵入する。しばらく行くと、古びた木製の扉に突き当たった。引っ掛け錠を開けて部屋に入る。

小さな書斎めいた室内に、紫檀《したん》の本棚がポツンと立っていた。

文庫、ハードカバー、古びた雑誌が背の高さごとに並べられている。

「これは――」

「アナタの著作です。どうぞお目通しください。ただし時間は、あまりありませんが」

吸い寄せられるように書架へ歩み寄る。もっとも左上の一冊を開き、活字を追い始めた。

　夢野久作の著作は――私自身がいうのも可笑しな話だが――気味の悪い文章の羅列だった。表題だけでも『悪魔祈禱書《きとうしょ》』『キチガイ地獄』『少女地獄』『人間腸詰』『瓶詰の地獄』こんなものばかりなのだから、読み始めて数頁《ページ》でムンとくる臭気に顔を背けそうになる。

『氷の涯《はて》』は、戦地の人間の小ささをリアリティ高く描いた作品だ。陰謀に巻き込まれ嫌疑をかけられた男が動揺し、焦《あせ》り、愛した女と逃避行する。最後は男と女ふたり、氷の海をどこまでも渡っていくという自死を選ぶ。肉体的な生々しさと精神的な悲哀とを臨場感ある語りで、ときには本物以上に濃く匂《にお》い立てて描くことで、読者をくすんだ不安な世界に引《ひ》き摺《ず》り込む。

　反して『いなか、の、じけん』は、まるで機械式のペンが独り綴《つづ》りしているかのような客体的理性的な文章で進む。なのに描かれている事象は、やはり不安を掻《か》き立てる、ヒトと憂世《うきよ》のどうしようもなく動物的な不条理だ。愚かで滑稽な事件、結局どうなったのか摑《つか》みどころのない事件、かと思えば梅毒患者が近所の美人妻の舌をシャブリ尽くし、しまいには根元から嚙《か》み切って殺すという、身の毛もよだつ事件。淡々と並べたてられるから、その温度差に読者は頭がグワングワンと酩酊《めいてい》しそうになるのに、末尾の備考では、そんな舌喰い事件が著者の故郷で実際にあったことだと明かされ、脳天が張り裂けそうになる。

どれだけの時間、読んでいたかわからない。読み終わりには、臓腑《はらわた》を穿《ほじく》り回されたような感覚が残る。

「これを、私が？」

「ええ。ご感想は？」

「狂っている」

「アハハ。夢野久作は、読むと狂う、と評される作家です」

そう言われるのもわかる。正直、キモチのいい小説ではない。

「ただ、強固な世界観があるのは事実でしょう？」

「……確かに。私の記憶にある、フワついた意志薄弱な男が書いたとは思えません」

「そのアンバランスさは、後世の人間の興味を引いている部分でもあります。夢野久作は陸軍では将校を、能では教授を、郵便局では局長を務めるほどにしっかりした人物でした。妻子ができた際も、家族に笑い話をきかせる一方、子には母親を大事にするよう厳しく言って聞かす面もあり、倫理観もしっかりしていたと言われています」

「そんな男が、こんな狂った本を？」

「ええ、しかし読める文章としてしたためてある以上、本人は理性的でもあったはずです。人間の狂った面を、ぎりぎり読めるかたちの文体で遺《のこ》した、正気と狂気を併せ持つ作家――だから夢野久作は、鬼才なのかもしれませんね」

　私は答えられない。過去の自分に対して、語る言葉を持っていない。

　かわりに、書架のなかでまだ読んでいない最後の一冊となった本の背表紙に指を這《は》わせた。

「ドグラ・マグラ」

　と、表題を口に出す。

「不思議な響きでしょう」

「どういう意味ですか？」

「解釈は色々とございます。堂廻り目《め》眩《くら》み、戸惑う面食らう、ドクロ枕《まくら》、毒の真っ暗、毒牙《どくが》白禍《はっか》に獄吏幕間《まくあい》。ナンセンスなものでは、酷な楽な、ご苦労泣くな、ドアから窓から、なんてものまで。しかしまあワタクシの考えでは、生命、ですね」

「生命？」

「ヒトは、どこの器官で物事を考えるかご存知ですか」

「そりゃあ」と頭を指す。「脳で」

「一般的にはそう言われています。しかしアナタはそう考えなかった。細胞ひとつひとつが記憶し思考している、と主張したのです」

「細胞、ですか」

網膜を移植した患者がドナーのかつて見ていた景色を幻視する、というような話は耳にしたことがあるが。

「いわく赤ん坊は母胎から生まれてくる前、夢を見ているそうです。その内容は、ヒトがヒトとなるまで、海中の微生物からホモ・サピエンスとなり現代人となるまでのすべての記憶のおさらいである――人は、そういった記憶と思考を個々に有した細胞の集合体である。だから、頭だけで考えすぎてもよくない。本当の答えは、細胞が知っている」

「独特の論ですね」

「アナタが十年の歳月をかけて完成させた、人生の集大成です。おそらくこの本を理解すれば、侵蝕者の意図も見えてくる」

私は頷き、ソレを開く。

一行目で眼を瞠《みは》った。――あの部屋だ。

監獄めいた部屋。青い扉と、それらが並ぶ廊下。描写にことごとく覚えがある。

当然、違う箇所もある。主人公は私ではないし、細かな描写にも差が。しかし少女の言葉によれば、その差からこそ侵蝕者の文意を読み解けるという。

侵蝕者は私の著作に影響を受け、しかし私を監禁した。その舞台にはドグラ・マグラを選んだ。なぜ？　それを推理しながら最終頁まで読み終え、苦笑した。

「なるほど。これは確かに、私を捕らえておくには最適な作品ですね」

「なにかおわかりに？」

「ええ。この小説には結末がないから」

ない、というのは語弊がある。文章の終わりはある。だが、物語としては終わらない。この作品はブーンという蜂《はち》じみた不気味な時計の音で始まり、最後の一行もまた、その音に帰ってくる。堂々巡り。

「私を外に出さないための世界としては、うってつけだ」

「しかし、それでもアナタはこの物語の結末を、出口を見つけ出さなければならない」

「出口」

「侵蝕者はどうしてそこまで、アナタを捕えておきたいのでしょう？」

「それがわかりません」

恨みがあるわけではなさそうだ。彼は私に、好きな小説を書けと言ったのだから。ではなぜ、それが外の世界ではだめなのだ？　そもそも、どうしてこんなに気味の悪い小説を好いてくれるのかもわからない。

やはり私では、夢野久作にはなれそうもない。そう思っていると、少女が察したように微笑をこちらに向けた。

「大丈夫。ワタクシの推理では、アナタはちゃんと夢野久作です。もっと自然体になればわかるはずですよ。考えすぎないで」

私は引《ひ》き攣《つ》った笑みを返す。そのときだった。

……ブウ――ゥ――――ン……。

と、またあの時計の音がどこからか聞こえてきた。

少女の表情が一気に鋭さを増す。

「時間切れです」

ふと手元に違和感を覚え、視線を落とすと、持っていたドグラ・マグラが急に、数千年を経た書物のようにぼろぼろと朽ち落ちはじめている。

「これは?」

「奴め。この空間ごと、消すつもりです」

空間ごと?　その意味を訊き返すよりも早く部屋が、壁が、天井が、書架が、崩れ落ち始める。床も、モロモロと落下してゆく。残るのは穴だ。覗《のぞ》き見れば、さきほど少女が作った穴と同様に奈落《ならく》めいていて底が見えない。ゴクリ、と唾を呑む。

「あちらです！　夢野さん」

少女が、まだ残る壁のひとつを指すと、彼女の指先から放たれた黒い液体が「扉」を作り出した。彼女が駆け寄りドアノブを捻《ひね》って中に入る。私も急ぎ、後に続く。

新たな室内を見て、私たちはふたりとも動きを止めた。

「あれ？　ここは」

最初の部屋だ。

私が監禁されていた、あの。

振り返ると、もう扉は壁に滲《にじ》んで消えてゆくところだった。そこには冷たい平面だけが残る。

「乱歩さん、これはどういう――」

「成程。まんまと誘い込まれましたね」

と、少女が苦笑するように息を漏らした直後、部屋の奥にできた暗い影の中で、キラリと金属のようなものが光った。

そちらに一瞬目を奪われているうちに、隣の少女から、ポーンとなにかが頭上高く跳ね上がった。

目を向けると、少女の首だった。

苦笑じみた顔のまま廻転しながら、宙を舞っている。

ペチチ、と私の頬になにかが散った。指先で拭うと、鮮血だ。

生首はくるりくるりと回って床に落ち、コローンコロン、と円を描くように転がってから止まった。同時に、私の隣にいた頭部を失った身体《からだ》が、ドサ、と膝をつき、うつぶせに倒れた。

時間が止まったかのような三秒ののち、少女の声が聞こえた。

『あちゃあ、ぬかりましたね。すみません、夢野さん、あとはシッカリ遣《や》ってくださいね……』

最後の声は、生首ではなくどこか亜空間から届く残響だった。

そうして、少女は消えた。

「屋根裏の散歩者め、余計な真似《まね》を」

響く重低な声に、はっと部屋の奥の影へ顔を向ける。

ノソリノソリと現れたのは、刃が三叉《みつまた》の大きな鋏《はさみ》を片手に持った、巨男《おおおとこ》だった。

四

「外の者は危険だと、伝えたはずだが」

巨男は鋏についた血を丁寧にハンケチーフで拭うと、足元に優しく置いた。鋏は腸《はらわた》の中で悶《もだ》えるように、ジュゴジュゴと床に吸収されていく。

「……それは嘘《うそ》です」

心臓がボドドドドドドと暴れていて五月蠅《うるさ》いが、どうにか声を震わせずに返した。

「本当は、アナタが侵蝕者《しんしょくしゃ》なのでしょう？」

「いいや、私にとっては奴らこそ侵蝕者、文学の敵だ」

「どういう意味ですか」

巨男は立ち上がると、同情するように首を振った。それからユックリと歩いてくる。

「君は、己がなぜ転生させられようとしているか理解できているか」

「文学を侵蝕者から守るため、でしょう」

「そう。必要とされているのは、敵と戦える兵隊に過ぎない――右も左もわからぬ新生児は、親のいうことを聞くほかない。帝國図書館もそれと同じだ。生まれたばかりの君に『お前は文豪だ』『侵蝕者と戦う宿命なのだ』と洗脳することで兵士に仕立て上げる。

奴らが欲しいのは夢野久作という、万人がイメージする文豪の力だ。君個人ではない」

　巨男が私から三歩のところで止まる。天井からぶら下がる裸電球が、またタールラと廻転している。それが侵蝕者の影を私の方へ延ばしている。

「それでも君は、奴らとともに戦おうというのか？」

　私は唾を呑《の》む。この場で答えられる選択肢など、ひとつしかない。はい、と声にしかけたところで、巨男は言った。

「嘘が下手だな」

　彼は泰然と、その洞《うろ》のように彫りの深い両眼で私を見下ろす。

「夢野久作の名を、受け入れられたのか？」

　言葉に詰まる。頬がピクピクと痙攣《けいれん》する。

「アナタ、私の心が読めるのですか？」

「私は君の読者だ。それくらいわかる」

「読者」

「ああ、君の著書に心を救われた」

「読むと狂う奇書に、ですか？」

　自嘲《じちょう》するように息を漏らす。しかし巨男は真摯《しんし》にこちらを見つめた。

「君は、肯定してくれたのだ」

「なにを」

「私の狂気を」

「狂気？」

「『氷の涯』にしろ『いなか、の、じけん』にしろ『あやかしの鼓《つづみ》』にしろ『押絵の奇《き》蹟《せき》』にしろ、一貫しているのは正気と狂気のマダラ模様だ。ヒトは社会性を理知的に身に纏《まと》うが、零歳から本能と欲望に抗《あらが》える者はいない。成長していく過程で、理性によってソレを抑え込むだけだ。でなければ社会性を維持できないから。しかし、狂気が死ぬわけではない。薄皮を剝《は》いだすぐ下ではそれがドックンドックンと脈打っている。多くの人間はその脈動も辛抱できるだろう。だが、堪え切れない者はどうなる？　ヒトのふりをすることに限界がきた者、親の顔色をうかがい続けた結果、ついに壊れてしまった者はどうなる」

　男の声が次第に大きくなり、私は気圧《けお》されそうになる。後ずさらぬよう踏みとどまる。

「抽象的で、なにを言っているのか」

「私は父を殺した」

　息を呑む。父、というその響きに、私自身の父が網膜に蘇《よみがえ》る。達者に語る父の口腔《こうこう》に、ペン先を突っ込んで殺す自分の映像が見える。本当の記憶か幻覚か一瞬わからなくなり、産毛《うぶげ》が逆立つ。「どうして、ですか」とどうにか声を出す。「どうして殺したのですか」

「理由はさして重要ではない。大事なのは、たとえ狂気を冷たい部屋に閉じ込めたところで、ないことにはできないという点だ。別に、私だけではない。世界にいくらでもいる。バターを塗ったカミソリの刃を犬に食べさせることをやめられない女。駅のホームで気づかれないように老婆《ろうば》を背後から線路に突き落とす男。毎日少しずつ我が子のミルクにタリウムを混ぜる親。どれも環境に理由を求めることはできる。過去のエピソードを親身に訊《き》けば同情もできるだろう。だが、それで何になる？　周囲がわかった気になって何が解決する？　なにも変わりはしない。一時的に蓋をできても、狂気は狂気としてそこにあり続け、ふとした拍子にまた顔を出す。私たちはもう治らない。永遠に社会の悪だ。それは仕方がないと諦《あきら》めている。好いてほしいとも思わない。理解してほしいとも願わない。ただ、腫瘍《しゅよう》のように取り除かれることに怯《おび》える日々は惨《みじ》めで、哀れだ。悲しく、辛《つら》い。なぜ生きているのか不安になる。そんなときに、君の作品は」

巨男は一度言葉を止め、唇を湿らせる。ふっと笑ったように見えた。

「生きていていいと言ってくれた」

巨大な図体《ずうたい》は逞《たくま》しく、山のように聳《そび》えている。

「狂人か、常識人か。ヒトか、ヒトのふりをしたバケモノか。本当は誰も自分がどちらかなどわかっていない。私たちの持っているその狂気こそが人間の本質だ——そう囁《ささや》いてくる君の文章は、多くの人々にとっては不安を駆り立てるものだろう。だがその暴露こそが私たちにとっては救いで、人々の不安こそが、私たちにとっての温《ぬく》もりだった」

私たち――その言葉に、私は痛感する。

今、私が相対しているのはひとりの異常者ではない。私の読者たちの集合体だ。狂気を宿した腫瘍は、そこいらじゅうに息を潜めている。その代表者がこの男というだけだ。

「けれど、夢野久作の愛読者なら、なぜ私を捕えるのですか」

「その質問の答えは、既に君が知っているはずだ――なぜ小説を父に見せたか、思い出せたか？」

そんなところまで、私の心を理解しているのか。

「頭のいい君は知っていたはずだ、父に否定されることを」

「……ええ」

――夢の久作が書いた小説のようだな。

――文学は神経過敏な奴《やつ》がやるオモチャだ。

見せなければ、あんなふうに言われることもなかった。

「なのに見せた理由は、なんだ？」

「まだ、わかりません」

「ならば教えてやろう。君は、背中を押してほしかったのだ――こんなに世の中を見て、こんなに物を深く考え、こんなに人間の裏面を描けるお前はすごい、特別な作家になれるぞと。君は幼い頃から、父の言うとおりにしか生きられない男だったから、作家になるにも父の認可が必要だった」

……そうだろうか。

そうかもしれない。

「だとしたら、こんなに情けないことはありません」

「ああ。しかし父は、背中を押してはくれなかった。だからこそ君は、自身を夢野久作だと名乗り、作家を始めることになる」

「だからこそ？」

「父に認められる夢を、捨て切れなかった。そんな君はまさしく父がくれた名の通り、夢の久作だった」

夢。

「自分の死に様を覚えているか」

その記憶なら頭の中にある。

「ええ。四十七歳のとき、脳溢血《のういっけつ》で」

「それは概略だろう？　具体的に、どういう場面でどういう言葉を遺したかだ」

「……いえ、そこまでは」

満一歳程度の年齢のときの、実母の映像はあるのに、そこは欠落していた。「どう死んだのですか？　私は」

「父親の死の八ヵ月後だ。君の父は多額の借金を遺していて、後処理に追われた君は疲弊していた。それがようやく完済できそうだという報告書を、世話になっていた父の知人から受け取った直後、君は肩の荷が下りたように『今日は、良い日で、アハ、ハ、ハ、ハ』と笑った。そして両手を挙げて後ろに倒れ、そのまま二度と起き上がらなかった。父と同じ脳溢血だった」

　え、と息を呑む。

「わかるか？　夢野久作という作家は父の侮蔑《ぶべつ》の言葉から生まれ、父に認められるために作家を続け、父の始末を終えたとき作家を続ける意味も喪《うしな》ったから——そのことを君の細胞は知っていたから、命をそこで終えたのだ。君はずっと、父親から落ちる影の中を、見つけてくれ、愛してくれと藻掻《もが》くだけの、悪夢のような孤独を生きていた」

　思考が真っ黒になる。考えられない。なぜか？　きっと私は知っているからだ。この全身が、細胞が、確かに私の人生は孤独だったと知っている。

「今もそうだ。外の世界は、君を否定するものばかりだ。多くの人々は奇妙なバケモノでも見るように君の本を指差す。まさにあのときの父親と同じように。帝國図書館の面々だってそうだ。君の本を理解しているわけではない。ただ、鬼才・夢野久作が戦力として欲しいだけだ。だが、君はもう、理解者のいないそんな世界で苦しまなくてもいい」

侵蝕者がこちらを真っすぐに見据える。

「ここなら君を守ってやれる。君はずっと、ここにいていいんだ。今度こそ君自身を救うことのできる小説を書けばいい。時間なら、いくらでもあるから」

男の目が懐《なつ》かしく、声が温かく聞こえる。そうか、と直覚する。彼は父に似ているのではない。私が求めた父親像なのだ。私を否定せず、ときに厳しく現実を突きつけ、ときに包容力で優しく私を守る。

今になって、蓋をしていた記憶が次々にフラッシュバックする。花火のように。父は確かに酷《ひど》い人ではあったけれど、冷たいだけではなかった。幼い頃、父はその大きな背中に私を乗せて川を泳いでくれた。滅多にないことにタマラなく嬉《うれ》しかったのを覚えている。たまに帰ってきた父は、その弁舌能力を家族のために使い、笑い話をしてくれた。父が帰ってくると途端に家の中が明るくなった。私は確かに、覚えている。父の厳しさと温もりを。全身の細胞で。

父を嫌いになれたなら。

私はきっと、もっと単純に、恨みの念で作品を書けただろう。それは幸せなことではないかもしれないけれど、自立ではある。

だが私にとって父は、もっと巨大だった。だからこそ、いつまでも私の小ささを思い出させる檻《おり》だった。あの厳しい父の中からほんの数回だけ感じられたこの温度を大切に抱えて、私は父に認められたいがためだけに小説を続けた。狂いそうになるのを堪《こら》え、立派にヒトの言葉を使い、マトモに化けようと藻掻いた、でも書くモノは狂った景色だらけのマダラ模様だった。

　だから私は、夢野久作なのだ。

　父に名付けられ、父から逃れられない、バケモノなのだ。

　侵蝕者の太い腕が私を包み込むさまを想像し、身震いする。私は思う。この人は悪ではない。私の孤独をこんなに理解してくれるこの人と、私は本当に戦うべきか？　共存の道を選んでいけない理由はなんだ？　正常なふりをして、彼らと敵対する方が歪《ゆが》んでいるのではないか——

「小説を書くために、君にはひとつ、やらなければならないことが残っている」

　と彼が言う。

「なんでしょう」

「自分の名前を決めるのだ」

「名前」

「夢野久作を捨て、新たな名を獲得するべきだ。君が本当になりたい作家として、再生するために」

私は顎《あご》を引き、奥歯を噛む。

「それは、私もそう思っていました。でも」

「でも？」

「見つからないのです」

夢野久作。この名がキモチ悪い。でも、この名前がなければ私ではない。私の作家人生は、常に父とともにあったのだから。

「だから、今はまだ、見つかりません」

父親の影しか見てこなかった私には、意志がない。なにもない。

「自分が、わからないのです」

と続け、私は男の顔をうかがう。

彼は「そうか」と、ため息を零《こぼ》した。

「また、やり直しか」

やり直し？　と思った瞬間、巨男の図体がみるみる膨張していることに気づいた。上背は天井を突き抜け、暗い無《そら》が広がる。今やそれは私に指一本触れなくても、私を闇《やみ》の下に覆《おお》い隠す。

反対に、私の体は縮小していく。侵蝕者が巨大化するのと反比例してみるみる萎《しぼ》んでいる。

「これは――」

侵蝕者が優しく微笑《ほほえ》む。

「退行だよ。君が名前を決められないことが確定したそのとき、君の肉体は幼児、胎児――そして受精卵へと戻ることになっている」

頭部が重い。足に、腰に、首に力が入らない。重力に負けるように仰向けに倒れる。受け身を取ることもできず、後頭部を冷たい床に打ち付ける。両の眼球は、天井を見る。あの天井だ。はじめに見た、あの。

「戻るって、いったい――」

「だが怖がることはない。これまでも、何度もそうしてきた。時間はいくらでもある。君は強い。君は賢い。今度こそ、本当の自分を見つけ出せるさ」

巨男が、我が子を慈《いつく》しむように覗き込んでくる。その表情に見覚えがあった。この部屋で彼とはじめて会ったときと同じだ。怒っているのでも悲しんでいるのでもなく、疲れた顔。

瞬間、理解した。

「私は、この世界にくるのが初めてではない？」

少女は言っていた。何度試しても転生がうまくいかないと。つまり、私がこの世界に囚《とら》われるのも最初ではない。

記憶はないが、視神経が、皮膚感覚が、細胞が思い出す。――そうだ、私はこの部屋を何度も見た。このような会話を何度もした。この男と何度も出会い、自分の名前から逃れたいと何度も藻掻き、そして――何度も壊されている。そのたびにまた複製され、この部屋に戻される。私が自分の名を決められるまで、何度も。何度も。

「私は、何人目の夢野久作ですか？」

巨男は微笑む。懐かしく、温く。

背筋を怖気《おぞけ》が走る。だが本当に恐ろしいのはそこではない。この男もまた同じ回数を繰り返しているということだ。私とは違い、意識を継続したまま、何度も、何度も、この生温い地獄のような夢を。

――たかが、私のために。

私はなにかを言おうと、口をぱくぱくと動かした。だがもう、アーウーという音しか出てこなかった。言葉が奪われている。脳内から言葉が消えていく。同時に、身体が乳白色のぬらめいた液体に浸っていることに気づく。これは、羊水？ そう考える脳髄も、次の瞬間には言葉を忘れる。自分の肉たいがグニュウと内むきにおりたたまれ、生ぬるさに心ちよくなってくる。もうかんがえられない。なにも。ねむい。ここちいい。うみ。あい。アー。

ブツリ。

五

言葉はそこにない。ただユメノキューサクの意識だけが漂っている。液中で夢が流れる。次々に映像は遷移する。熱い大地。降る雨。水から発生する単細胞。次第に複雑化する生命。先祖代々進化の過程。自然淘汰《とうた》と艱難辛苦《かんなんしんく》。瞬間瞬間に分裂と生滅。無量無辺の螺旋《らせん》。脳髄に流入。光速のフィルム。ゴュルルル……。ユメノキューサクの生前の灯。ポウッ。ソノイノチは愛情の欠落から始まる。実母の喪失。継母からの拒絶。変人と指差す周囲。父からの否定。アア――孤独。孤独。孤独。孤独。孤独。孤独。孤独。孤独。孤独。孤独。孤独。孤独。孤独。孤独。孤独。孤独。孤独。孤独。孤独……

意識を取り戻したとき、私は小さな部屋にいた。ただしあの監禁部屋ではない。もっと狭くて、丸くて、生温い液に満ちた部屋だ。まるで疑似的な胎盤だ。侵蝕者が私をあの監禁部屋に産み出す前に、用意したものだろうか？　私を私の形に整えるために。ここにいれば、私は守られる、そんな実感が皮膚を通して沁《し》み込んでいる。この部屋は私の繕わないすべてを肯定してくれる。少なくともここにいる限り、私はひとりではない……その心地よさに瞼《まぶた》を閉じようとしていると、ポッと、液中に黒い粒が現れる。それは次第に大きくなり、ひとりの少年を作り上げる。まだ五、六歳の子だった。

　私は、薄く閉じかけていた目を開く。彼の顔に見覚えがあったからだ。

「……アナタは、私？」

「お久しぶりです」

　と少年は不可思議にも、羊水の中に立つようにしたまま、慇懃《いんぎん》に頭を下げる。羊水の中でも呼吸はでき、言葉も喋《しゃべ》れるようだった。

「はじめまして、ではなくて？」

「何度か会ったことがありますよ。あなたに呼ばれて」

「私が？」

「あ、でも、覚えていなくても無理はありません。あなたが大人になってからはとんと呼ばれなくなったから」

　少し考える。

「アナタは、侵蝕者が作った存在ではないということですか」

「はい、私はあなたに作られた存在です」

　私が、このような子を？　すっかり忘れていた。

「それで、なんの御用でしょう」

「あなたをここから救い出しにきました」

つい、笑いそうになる。

「ごく最近、同じことを言ってくれた人がいました。でも、やられてしまいましたよ」

私なんかのために。虚《むな》しさが込み上げる。

少年は悲しそうに眉尻《まゆじり》を下げる。

「どうして、そう自分を卑下するのです」

「私は、夢見がちな変人ですから」

「それは父さんが付けた名です」

「でも父の言うことは正しい」

つまり、侵蝕者の言うことも。

「思い出したのです。なぜ小説を、父に見せたかを——」

ずっと考えていた答えが、侵蝕者の言葉をきっかけに見つかった。

「侵蝕者はああ言っていたけれど、やはり私は、父に背中を押してもらいたかったわけではありませんでした。もちろん、褒めてほしかったわけでも、対等に見てほしかったわけでも、自分の苦悩を訴えたかったわけでもない。考えることだけはやめなかった私は、自分の小説が父に認められないことを理解していたから」

「なら、どうして？」

「私はただ、父に、私を見てほしかったのです」

泳ぐ父の背中に乗せられているとき、父の顔が見えないのが、なぜかとても寂しくて不安だった。父の語る笑い話を聞かされているとき、腹の底から笑いながら、私は心のどこかで怯えていた。父が話を聞かせる相手は私じゃなくてもいいのではないか？　私は父を見ているけれど、父は私を見てくれているわけではないのではないか？　父が母を捨てて別の人と結ばれたように、継母が私を廃嫡《はいちゃく》しようとしたように、私もいつか、父から捨てられ、挿《す》げ替《か》えられる存在なのではないか？

私が小説を父に見せたのは、その不安の氷を溶かすためだ。

私の中から出てきた世界を読んでもらっている間だけは、父の時間は、私のために使われるから。その時間だけ、父は政界の黒幕ではなく、子の創作物を見る父親の顔になるから。

「私は、私の作品を読む父の横顔を見ていたかった。ただ、それだけだったのです」

少年が口をつぐむ。

私は、私ごときに気など使わせないように微笑む。

「異常だと思うでしょう？　でも私にとっては、それが夢だった」

だから、父の身辺整理が片付いたあとに笑って死んだのだろう。もう、この悲しく孤独な夢を追わなくて済むから。

「だから、もういいのです。今さら、父のいない現実に戻ってがんばる必要はない」

　少年はしばらく黙していた。

　私もまた沈黙し、このまま胎児へと戻る未来を待っていた。侵蝕者が用意した温い羊水の中で、私は永遠を繰り返すのだ。そう思っていた。

　でも、少年はやがて口を開いた。不満そうに。

「あなたの気持ちはわかる。でも、それは小説を父さんに見せた理由でしょう？　それよりもずっと大事なことがあります」

「なんでしょう」

「ごく自然なことです。作品を見せるには、その前に書かなければいけない――あなたはなぜ、小説を選んだのですか？」

　え？　と思考が止まる。

「だって、父親に成果を見てもらうだけなら、他の手段でもよかったはずでしょう。けれどあなたは小説を選び、筆を執った。なぜですか？」

　今までずっと、たくさん考えてきたつもりだった。

　………でも、本当にソウカ？

　私は、まだ父を中心にしか物事を考えられていなかったのではナイカ？

　私が、私を表現するために、小説を選んだ理由。

瞬間、全身がブルブルと振動を始めた。寒気ではない。武者震いでもない。光の信号が足の指先と手の指先から同時発生し、四肢を奔《はし》って腹へ、胸へ、脊椎《せきつい》へ、首へ、そして脳髄へと電流を届けた。

知っている。

そうだ。私は既に知っている。全身が覚えている。忘れるはずがない。

私は確かに、父を恨んではいなかった。

だが——この世界を、呪《のろ》ってはいた。

だっておかしいじゃないか。私ばかりがこんな目に遭うのは。父は悪くない。継母だって彼女なりの苦悩があったろう。周囲の誰もが自分の人生を生きているだけだ、悪くない。だが、だからといって私の気持ちはどうなる？　あの家庭に、あの父のもとに、こんな身体で、こんな人格で生まれたからすべてを受け入れろというのか？　馬鹿《ばか》げている。狂っている。そうだ、狂っているのは世界の方だ。誰もが平然と、道理と道徳と公平が足元にあるような顔で歩いている。だが違う。この薄氷を搔き破れば、不道理、不道徳、不公平がマダラ模様に滞留している。そのドン底にある昆虫のような人間性を、深刻に、悽惨《せいさん》に、痛快に、平和ボケした者どもに教えてやる——それが、初めてペンを手に執り、紙に走らせた私の衝動だった。思い出した。自分という全細胞がペン先に集中し放出されるとき、四角く冷たい薄っぺらな紙だけが、私の声を聞いてくれる唯一《ゆいいつ》の友人だった。思い出した。貞操を燃やした、あの高揚と不安を。期待と渇望《かつぼう》を。発奮と死力を。発射と快美を。思い出した。もう、二度と忘れない。私は小説を書いて、どうしたかったのか。私は。

「私の叫びを、知らしめたかった」

この筆一本で。

少年は、無邪気に歯を見せてケタケタと笑った。美しい傀儡《くぐつ》人形が、生命を吹き込まれて壊れたように。

不思議と、キモチ悪さが融けてゆく。そうして自覚する。私が小説を書けないと感じていた理由は、父から与えられた名前を拒絶していたからではない。常識的な側面ばかりで自分を取り繕い、もっとも守らなければならなかった狂気を、ないがしろにしていたからだ。

「この世界の出口が見えてきましたね」

少年の声がする。が、姿はもう見えなくなっている。

あれ？　と周囲を見渡し、違和感の理由に気づく。今の声は、他でもない私の口から出ていた。

――そうか。私はずっと、この子を暗い部屋に閉じ込めていたのか。

意識が、暗く長く温かい子宮頸管《しきゅうけいかん》を抜けると、やがて光が射《さ》しこんでくる。いや、私が光の方へ立ち向かっているのか。侵蝕者は、私の作品に救われたと言っていた。ならば私は責任を取らなければならない。彼らに光を当てた責任を。

行かなければ。

六

次に目覚めたとき、私はまた、あの監禁部屋にいた。しかし状況は違う。

床に手をつき、起き上がると、さっき少女が血で汚した床がそのままだった。

巨男の背中が、扉の方へと向かっていくところだった。彼は私が立ち上がる気配を察したのか、こちらを振り向いた。

私は微笑みかける。

「おはようございます」

彼の表情があからさまに強張《こわば》る。

「どうやって、戻った」

同時に、部屋が鳴動を始めた。彼の動揺に共鳴したのだろうか、ズズズと地震のような疼《うず》きを立てている。

「眠りは浅いほうでして」

「まさか、名が見つかったのか」

「私は、夢野久作です」

彼は、不快な顔を隠さない。

「それは父親から与えられた名だ」

しかし私は「いいえ」と首を振る。

「アナタこそ、父を特別視しすぎです。夢の久作とは、夢見がちな変人を意味する一般名詞に過ぎません。私は誰のものでもない。私は私の中の異常性を誇ったから、この名を選んだのです」

「……そんな答えで、私が納得すると？」

「理解が及ばないのなら、読み込み不足ですね」

「戯言《たわごと》を」

舌打ちとともに、彼の背後で扉が真っ赤に染まり、開く。すると、俯《うつむ》きがちに身体を折ってくるようにしながら、巨大な人型のバケモノがノッソリと現れた。

左手に刀、右手に燃えさかる心臓を握りしめ、腹からは腸を蝶々《ちょうちょ》結びに垂らしている。首から上は、ない。バケモノは切断された首元の大動脈から、

「ケケケケ……エベエベエベ……キキキキィイイ」

と奇怪な声を立てながら、瞬時にこちらまでの距離を詰めると、左手の刀を振り下ろした。

私の左手は、点対称のように動いた。刀を人差し指と中指の隙間《すきま》で受け止める。途端、刀はパキャッとカワイラシイ音を立てて砕け、キラキラと粉雪のように雲散霧消する。

バケモノの後ろで、彼が目を瞠った。

「なにをした」

「なにも。知っているだけですよ」

次になにが起きるか。どうすれば壊せるか。私の細胞は考えるまでもなく知っている。なぜなら、私はこの世界を見てきたから。何度も何度も何度も何度も。

私の中にある侵蝕者に関する膨大な情報は、たとえ相手が彼によって今しがた産みだされたばかりのバケモノであっても、その脆《もろ》い箇所を教えてくれる。

彼がはじめて、ラチガイでも見るような目を私に向けた。私には、それが嬉しい。

「怯える事はありません。アナタが私を何度も産んでくれたよりもずっと前に、私もまた、アナタを産んでいる」

彼は、私の読者だ。

ここは、私の世界だ。

「返してもらいますよ」

私が彼を見つめると、それを守るようにバケモノが「キィイエエエエエ！」と上半身を廻転させ、自らの腸を鞭《むち》のように薙《な》いでくる。私は迫るそれに、そっと手を添える。指先が触れる瞬間、私の描写を高濃度でたった一点に注ぎ込む。すると腸は瞬時にグボプッと膨張、爆発する。血と肉の断片があたりに飛び散るが、まだいくらかスジの残る臓腑《ぞうふ》を私は手繰り寄せる。バケモノの足元がぐらつく。私は腸を握ったまま、五つの爪《つめ》を立て、自らの熱媒液を注入するように思い描く。すると腸の内部を青紫の光が電気信号のように走り、バケモノの全身を駆け巡った。直後、青ざめた桔梗《ききょう》の花でも咲かすように自然発火する。

バケモノは断末魔の叫びを張り上げて悶《もだ》え、テ、テ、と乳飲み子のように危なげに歩くと、炭となって膝《ひざ》から崩れ落ち、砕け、煤《すす》と火の粉を撒《ま》き散らした。その儚《はかな》く匂《にお》い立つ美しさに下腹部が脈打ち、落ち着かせるように自身の唇を湿らせた。

「私は心から、感謝しているのです」

「……なに？」

彼の警戒するような表情に、ペッ、ペッ、ペッペッと笑いが込み上げてくる。

「私は誰のものでもない。だが、ひとりでもない。アナタが教えてくれました。アナタも私も狂気を持つ。それはつまり、私は孤独じゃないということ」

ペタ、ペタ、と一歩ずつ近づく。侵蝕者は後ずさるが、背後は壁だ。私はユックリ近寄り、彼の逞しい腹に手のひらで優しく触れる。六つの腹直筋山脈の麓《ふもと》にある臍《へそ》から、指先を皮膚下へと侵入させる。

「アッ――」

と彼が声をあげ、モゾロモゾロと悶える。

「暴れないでください。すぐにキモチよくなりますから」

私の成分が腹から、下は太腿《ふともも》、脹脛《ふくらはぎ》、足先の神経までを巡り、上は胸、鎖骨、頸動脈《けいどうみゃく》の軸索を通って脳天まで到達する。彼の全身の表皮がギチギチと軋《きし》む。筋細胞を縛っている音だ。身動きはとれない。神経系を支配された彼は痛みも感じない。

「私を、殺すのか」

首を振る。

「命を奪ったのでは創作者と呼べないでしょう？　それよりも、こんなにも私と呼応してくれたアナタだからこそ、私の中に吸収するのです」

「吸、収」

「なぜ小説を書くのか、考えてみたのですよ。始まりは、私の叫びを知らしめるためだった。でもこれからは、私のためだけではない。きっと私は、私のように狂気を抱えながら誰かの顔色をうかがって生きなければならない同胞《はらから》たちを育《はぐく》むために、二度目の生を受けたのです。私ひとりでは弱い存在でしょう。父のような黒幕には到底なれない。

しかし、アナタのような同胞の肉声を私の身体に取り込み、溢《あふ》れ出る体液を感染拡大してゆけば、いずれどの聖典よりも人間に寄り添った救いを与えるかもしれない」

狂気をありのままにさらけ出した私の作品たちは、多くの者からは奇書と呼ばれるだろう。だが、それでいい。私たちと同じ影の住人たちにさえ届けば。彼らに道を示し、出口へと導けさえすれば、イイ。

「私の作品はいずれ、同胞たちの教義《ドグマ》となる」

彼はまだいくらか痙攣しているものの、その表情は次第に恍惚《こうこつ》としてくる。抵抗はやめたようだった。ビクビクと首の筋細胞をゴキゲンに躍らせながら、薄く瞳《ひとみ》を開いて言った。

「その世界で、私たちは、幸せになれるだろうか」

私でなく、私たち。

私は微笑む。

「なれますよ」

「どうして言い切れる？」

「ドグラ・マグラが語った、脳髄に関する思想を覚えていますか」

「人は脳髄でなく、細胞ひとつひとつで思考している」

「ええ。私の集大成です。この作品だって始まりは、父の顔色をうかがって書き出したものかもしれない。それでも十年かけて吐き出した言葉は、心の胎内で醸造された本物です。その作品内で、私はたどり着いていたのです。父と同じ、『頭で考えすぎるな』という結論に」

文学は神経過敏な奴がやるオモチャだ、考えすぎるな。

「私たちは、まともなヒトから見ればバケモノかもしれない。辿《たど》る道筋はヒトと違うかもしれない。それでも私たちは、私たちだけの言葉を叫び続けることで、彼らと同じ結論に到達できる」

侵蝕者は、アア……と今さら気づいたように、ため息を吐《つ》いた。私は彼に囁く。

「この孤独には、きっと出口がある」

「出口」

私は今さら思い出している。私の廃嫡を図った継母だって後年は、あの父の子として生まれた私に同情してくれていた。父だって、老い、静養している最中には私にこう告げた。汝《なんじ》は俺の死後、日本無敵の赤い主義者となるやも計られず――私はちゃんと私のやり方で、父に認められていた。

侵蝕者の内部に侵入している私の神経たちが青白く発光を始めた。分解と吸収が最終段階に入った証《あかし》だ。堂々巡りの終わりが近づいている。

侵蝕者が唇を引き結び、少し笑った。

「その出口を見届けられないのが残念だ」

「なにを言うんです。アナタは私と一緒に行くのですよ。どこまでも」

「そうだったな。ならば、今日は良い日だ。これで、ようやく……アハ、ハ、ハ」

晴れやかな笑い声とともに、彼は光の粒子となり、私の内部へと吸収された。

と同時に、部屋全体がバラバラと崩れてゆく。細胞《セル》が解けるように四角い断片となって、真っ黒な底へ落ちていく。

「アア、夢が崩れる……」

頭上には、乳白色の円い出口が光っている。私の肉体は徐々にそちらへ浮上する。

どこからか声が聞こえてくる。

『やあやあ。信じていましたよ、夢野さん』

若い男性の声だ。

「どちら様ですか？」

『失礼、こちらが本来の声でして』

「ああ、あの姿は仮だとおっしゃっていましたね……でも不思議と、今の声のほうが胡《う》散《さん》くさく感じます」

『あら、人聞きの悪い。トリックが巧妙だった、と解釈していただきたいですね』

「フ、とんだ緞帳《どんちょう》芝居だ」

『ハハッ』

「でもようやく、本当の対面ができるわけですね」

『ええ、お待ちしておりますよ。弊館一同』

未見の恩人に会える。少し怖くもある。だが温かさのほうがずっと大きい。

彼の声が遠くなるとともに、侵蝕者の世界もまた薄れ消えてゆく。あの音もまた、遠のいていくのが耳の端で聞こえた。


……………ブウウ――――ンンン――――ンンンン…………。


私はようやく、この音の正体を理解する。時計ではない。あの監禁部屋から出て目視したとき柱時計は、この音を鳴らしていなかったのだから。保育器だ。私を胎盤のようにぬるい室内で守ってくれていた、懐かしく、温い部屋の音。

でもその音も、ジワジワと薄れ消えてゆく。

今度こそ本当に、生まれるのだ。新しい世界に。

白い光が視界に広がる。

【目覚めろ、夢野久作】

低く太い男の声がする。

帝國図書館の長だろうか？　それとも錬金術師？　どちらでもいい。今はどんな声も恐ろしくない。ただ愛《いと》しい。誰もが私の言葉を読む被験者なのだから。

さあ同胞たちよ、悪夢から覚める時間だ。君の叫びを世に知らしめる記念日だ。

産声を上げろ、狂気。

光へ

case 北原白秋

私は一切の妥協に耳を傾けなかつた。（中略）洗練に洗練を経るほど、磨けば磨くほど私は厳粛になつた。一字一句の瑕疵《かし》も見《み》逃《のが》せなかつた。或時《あるとき》は百首の内九十首を棄《す》て、十首の内九首を棄てた。或時はたつた一句のために七日七夜も坐《すわ》つた。ある歌のある一字は三年目の今日に到《いた》つて、やつと的確な発見ができた。それは初めから的確にその字で無ければならなかつたのだ。

――『雀の卵』大序

一

夢を見ていた。

くらやみに燃え聳《そび》ゆ基柱、うねり昇る六々魚《ろくろくぎょ》、乾く褐色《かばいろ》の花粉、
火の天爛《そらただ》れ、焦気濁浪《だくろう》の渦中《うずなか》、どうるらどうるらと皮膚を裂く熱太鼓、
恒久延々鼻腔《びこう》を炙《あぶ》る臭《にお》ひ、むわんと顔を掃くアルコール、白か金か、赤か灰か、
夢か、悪夢か、光か、陰影《かげ》か、
幽《かす》かな、幽かな、ゆっくりと熾り重なる絶望。
麗《うら》らかな、麗らかな、しっかりと凝視《みつ》めてくる絶望。

べっとりと張り付いた不快感で身をよじる。着物に汗が染《し》み、冷えている。なのに心臓は熱かった。瞼《まぶた》を細く開き顔をすこし上げると、頬になにかの紙が貼《は》り付いてくる。原稿用紙だ。剝《は》がそうと手で触れる。その指先からペンがころりと転がる。

書斎だ。机に突っ伏して寝ていたらしい。まだ眩《まぶ》しくて、目頭をぎゅうと指でつまむ。

冷え切った空気が頬を摩《さす》る。

帝國図書館《ていこくとしょかん》、不可思議な揺り籠《かご》に呼び出されたのは十一月だったか。ここにきてから

もうふた月経《た》つが、いまだ光が恐ろしい。転生の影響で前世と現世の記憶が混じるからだ。夢に見る前世と、現実の自分の境界がぼやける。今感じているこれは現実か？　指先の感触《さはり》、朝露の匂《にお》い、首筋の産毛《うぶげ》を冷やす湿度、すべて、次の瞬間《たまゆら》にはあの燃ゆる悪夢に呑《の》まれるのではないか。顫《ふる》えを押し殺し、瞼を押さえた闇《やみ》の中で、強すぎる光が去るのをじっと待つ。鼓動が次第に鎮《しず》まってくる。——大丈夫、僕はしっかと生きている。

ようやく目をゆらり開き、あらためて原稿に視線を落とす。

いくつかの単語が、枡目《ますめ》を無視して殴り書かれている。林檎《りんご》、遠景、構図、香木、円頂閣《まるやね》、噴水《ふきあげ》。イメージスケッチとしての速写だろうが、特に心惹《ひ》かれるものはない。

生前の僕は多作であった。発表形式は文語や口語問わず、現代の自由詩、口語詩、短唱、童謡、民謡、国民歌謡、新詩文、児童自由詩など境界なく発展していったが、こうした世界の自由さからしばしば、詰屈《きっくつ》な古い定型を懐郷した。作風も絢爛《けんらん》なものから晩年は自然的、童心的なものへと回帰した。いずれの舞台でもそれなりの結果を残し、求める域に到ったことを昂奮《こうふん》混じりに書き残した頃もあった。

だが今、僕はそれらの功績のどれを見ても、ときめきを覚えない。

書斎机の脇《わき》には新聞が放り投げられている。書籍の売上低迷についての記事が開かれている。五年連続の最低記録更新。三年目の頃は時事ニュースとしてそこそこ大きな紙面を占めていたらしいが、今では経済面の隅をこぢんまりと埋めるに過ぎない。

この世界にきて最大の収穫は、僕の本が、今ではさほど読まれていないと知れたことだ。その点では現在の僕の感性が世相と大きくずれていないともいえるが。

——癪《しゃく》だね。

洗面台へ向かう。顔を濯《すす》ぎ、鏡に映った自分を見つめる。

少なくとも過去の僕は、こんな未来を想《おも》い描いたわけじゃない。

「白《はく》さん」

と帝國図書館のホールで声をかけられた。

目を向ければ、小柄な青年が人好きのする笑顔で大きく手を振っている。蜜《みつ》のかかった杏子《あんず》のような、温かい色彩の髪が、腕の振りに合わせてぴょんぴょんと跳ねる。まくった袖《そで》から見える前膊《ぜんはく》は、館内での生活が長いためか白いが、筋肉は野性を忘れていないぞとばかりに引き締まっている。

「久方ぶりだね、犀星《さいせい》くん」

「先生がずっと籠《こも》っているようだから」

「静かに紅茶を喫する時間が好きでね」というのは嘘《うそ》だ。僕は指先で、自らの頬に惰眠の跡が残っていないことを確認する。「今度、君も飲みにくるといい」

「お邪魔でなければ、ぜひ」

「自分はお邪魔ですか……」

と、犀星くんの後ろから声がする。

彼の低い上背に無理やり隠れるようにして、その実まったく隠れられていない顔が覗《のぞ》いている。ちらちらと窺《うかが》う鼻立ちは都会的に整っているが、肌は不健康に青白い。

「朔太郎《さくたろう》くん。もちろん、君たちふたりで来るといいよ」

「ありがとうございます。でも本当は逆がいいのです……」

「逆？」

「見てくださったはずです。ずっと待っています」

「どうも話が見えないな。もう少し整理してもらえないか」

「だって、本当は、白秋《はくしゅう》先生の方から来てもらいたくて……自分の部屋に。お手紙、届いているはずです……」

「手紙？　ああ――」たしかに朔太郎くんから貰《もら》っていたのだった。「申し訳ない。返信を後回しにしてしまうのは僕の不精のなすところだね」

とはいえ、ほんの昨夜に届いたばかりのはずだが……。

「じゃあ今ここでお返事をください。予定を決めましょう。今夜にでもいらしてください。準備はできていますから。茶葉も舶来のものを用意しますし――」

ぐいぐいと犀星くんの背中を押していることに、自分でも気づいていないであろう朔太郎くんを、「おい朔」と犀星くんが冷静に窘《たしな》める。

「個人的なお願いは後にしようぜ。それよりも今日は、もっと大事な話があるだろ」

「あ、そうだった。先生、自分たちが編纂《へんさん》する本の序文を書いていただけませんか」

「序文」

「ええ。犀と一緒に、詩集を作ろうと思うのです」

どのような本にしたいのかを朔太郎くんは雄弁に語った。

萩原《はぎわら》朔太郎、室生《むろお》犀星の連名で出す詩集だという。犀星くんの『蜜のあはれ』『動物詩集』に代表される小さき命たちの輝きを、朔太郎くんが自分なりに再解釈して新たな詩を作る。犀星くんは朔太郎くんの代表作『月に吠《ほ》える』にかかる暗い影を再解釈して自らの詩とする。いわば互いの作品のリメイクをし合うわけだ。

「面白いね。二魂一體《たい》の君たちだからこそ可能な試みだ」

彼らは互いをそう自称する。それぞれの芸術を理解してくれる特別な存在であると。

「よかったあ」と朔太郎くんは、へなへなと相好《そうごう》を崩す。「先生にそう言っていただければ安心です。いっそう前向きに頑張れます」

「タイトルは決まっているのかい」

犀星くんが頷《うなず》く。「まだ仮ですが、星月夜と」

「なるほど。朔太郎くんの月と、犀星くんの星か。合っている」

「ええ、ですが俺たちの文学的血統《ちすじ》は、遡《さかのぼ》れば白さんに行きつきます。だから序文をお願いしたく。覚えてはいないかもしれませんが、俺だってあなたの『邪宗門』が出たときには資産をなげうって――」

「ああ、随分と入れ込んでくれていたのだろう。聞いているよ」

犀星くんが満足げに胸を張る。

「ですから、製本にもこだわってアンカットにしたいのです」

アンカットとは、本の天・地・前小口のいずれか、あるいはそのうちの複数箇所を化粧裁ちせずに製本する手法だ。頁《ページ》の一部が袋とじのように繋《つな》がるため、読者自らがペーパーナイフでカットして読むことになる。

朔太郎くんが少し恥ずかしそうに、しかし誇らしげに鼻を膨らます。

「生前、先生に序文を頂いた『月に吠える』は天と前小口が裁たれていない二方アンカットでした」

「俺の『愛の詩集』は地のみがアンカット。白さんの『邪宗門』も確か」

「ああ、地と前小口の、二方アンカットを採用したね」

若い頃に出した第一詩集だ。この身体《からだ》になってからというもの記憶をどこか重荷のように感じるが、それでも当時の若い血気を思い出すと身体がいくらか熱を持つ。

「とはいえアンカットは、最近では少なくなってきたのではないかな。経費《コスト》が嵩《かさ》むし、現代の子には手間が不評と聞く」

「だからこそです」朔太郎くんが両肩を上げ、鼻息を荒らげる。「あえてその工程を残すことで、物としての本の息吹《いぶき》を感じてほしい。読書とは一方通行でなく、双方向の呼吸を合わせる生産行為なのだと、人々に再び知らしめるのです」

「こいつ、モノとしての本を復権すると言ってきかなくて」犀星くんが笑う。

「犀だって思うでしょ？　とじられた頁を自らの手で裁つひととき……ざりざりと指先から伝わる感触には、文化的で原始的な秘密を解き明かすよろこびがあるんだ」

「わかるぜ。あの儀式性は他にない。創作物を開腹する覚悟をもった者だけが、著者の深いところを究知することを許される」

「そうそう、鼓動に似たリズムの以心伝心……」

「不安と愛の器……」

「うん、うん……そうなんだよー！　うわーん！　やっぱり犀とまた出会えてよかったよー！」

「おいおい、大げさなやつだな……」

朔太郎くんを知らぬ人から見れば少々心配になるほど昂奮した彼が、犀星くんの腕に抱き着き、その肩を犀星くんがぽんぽんとたたく。無邪気な関係に僕は素直に感心の息を吐く。このふたりは一見、対極だ。都会的で虚弱そうな朔太郎くんと、野暮ったく快活な犀星くん。だが作家としては犀星くんの方が切なさを繊細に扱い、朔太郎くんは透き通る作風ながらも本質は熱い男で言い切ることを恐れない。そして文学的魂では、同一であるかのように理解し信頼し合っている。こうしたふたりが共振を見せたから、かつて詩壇に大きな風穴を空けることができたのだろう。

　そばで輝くふたつの光に、つい頬が緩む。

「それほどの談義を繰り広げられる君たちは、もう充分に大きな詩人だと思うがね。僕が序文を添える必要があるかな」

「あります、絶対に」と朔太郎くんが語気を一層増す。「自分はなにも、先生が国民詩人、言葉の魔術師と呼ばれる大家だから言っているのではありません。先生と過ごしたときは長くはありませんが、あなたはわずかの時日の間にすっかり自分をとりこにされてしまったのです……自分がどれだけあなたのために薫育《くんいく》され感慨されたか。朝から晩まで、あなたから離れることができなかった自分をお考えください。一日に二度も三度もお伺いしてお仕事の邪魔をした自分の真実を考えてください。夜になれば涙を流し、白秋氏に会いたいと絶叫した一人のときの自分を想像してください！」

　思わず、顎《あご》を引く。

「それを、面と向かって言うやつがあるかい」

「偽らざる気持ちです。この詩集は記念碑です。闇夜を貫く灯台《ライトハウス》です。裁かれぬ言葉の罪を抱いたさびしい咎人《とがびと》たちが、独房から明空を見上げたとき、かならず光っている人工星です。そこには先生の言葉が必要なのです」

「そこまで頼まれると、断るのも失礼というものか」苦笑する。

「朔、白さんを困らせているぞ」

「困る？　そんなに狭量《きょうりょう》な人じゃないよ白秋先生は」

「いや、白さんの器じゃなくお前の社会常識の話をしているんだよ」

「え、まさか犀に常識の話をされるなんて……」

朔太郎くんは満月のように瞳《ひとみ》を円くする。少し背伸びした犀星くんが彼の首根っこを摑《つか》んで頭をぐりぐりとやる。「あいたた、ごめんよ」とじゃれ合う。

それから朔太郎くんは改めて、僕へ真っすぐな目を向けた。

「もちろん、先生が言葉ひとつひとつにとても慎重な時間をかけられた事を知っています。だから、いつまでもお待ちしております。ぜひ」

彼が頭《こうべ》を垂れると、犀星くんも妙に続く。

礼儀正しく身体を折っている彼らの背中を見つめる。

――この子たちは無礼でも不躾《ぶしつけ》でもない。ただ作品のために必要と感じたことを愚直にまっとうしているのだろう。このような若さを僕も昔は持っていた。

彼らの背中に手のひらを載せようとして、しかし寸前で止《や》める。理由は自分でもわからない。そのまま静かに引っ込める。

　ふたりが顔を上げ、去ってゆく。彼らの背が見えなくなってから、広くなったホールの革張りのソファーに腰を落とした。

「いつまでも待つ、か」

　僕はすっかり、待たれる立場になったらしい。冷えた座面に晩秋を感じる。


　翌朝は一層冷え、窓に白露《しらつゆ》が伝っていた。吸い物のひとつでも咽喉《のど》へ通そうと食堂へ向かうと、献立表が出ていなかった。厨房《ちゅうぼう》で聞こうと覗くが人気《ひとけ》がない。受け取り台に近づくと、黒塗りのお盆の上に新聞紙をかけられた小皿がひとつ置かれていた。開ければ、おにぎりだ。長方形の海苔《のり》を一枚巻かれた、典型的な風合いの。

「……ふたつだけ」

「これでも、なけなしだ」

　足元から声がするので視線を落とすと、ネコだった。

「畜生が食堂に入っていいのかい」

「そこじゃニャイだろう、気にすべきは」

「冗談だよ」嘆息する。本来ならこんな寒い朝に、こんな寂しい場所でネコなど見たくはなかった。こたつで丸くなっているべきだ。「君がここにいるということは、よくない事態なのだね」

「とある有碍書《ゆうがいしょ》が急速に活発化した。急ぎ、浄化の必要がある」

「最近聞く、現世にまで影響を及ぼす類《たぐい》の書かい？　食糧不足が描かれた文学というと何があったかな」

「食糧は結果の一端に過ぎん。大事なのは、時が戻っている点だ」

「時」

「昔あったろう、館内の食糧が乏しく皆がおにぎりを求め混乱していた時期が」

「どうだったかな、転生してからというもの記憶は曖昧《あいまい》でね」

ネコは怪訝《けげん》そうに顔をしかめ、尻尾《しっぽ》を振る。

「まあいい。ともかくその頃まで時間が巻き戻っている」

「記録でも目にしたことのない効果だ。とても厄介そうだ」

「ああ、その厄介な有碍書の名は『思ひ出』という」

目を細める。僕の詩集だ。幼き時代を過ごした故郷・柳河《やながわ》の思い出を小曲で綴《つづ》った作品を収めている。たしかにあの作品は、郷愁を呼び起こすものではあるだろうが――

「納得がいっていない顔だな」

「ああ。帝國図書館に影響を及ぼすだけでも相当に強い有碍書だ。そのうえ、本に描かれた内容と、起こっている現象が微妙に噛《か》み合っていない」

　たとえば宮沢賢治が浄化した『銀河鉄道の夜』は、特定の時間に眠っている対象を強制的に潜書させる力を有したという。このような特例を実現できたのは、主人公ジョバンニが眠ることで銀河鉄道に乗る、という作中のシーンを再現したからだとされている。織田作之助の『郷愁』ならば、締切り直前の対象を強制的に潜書させたが、こちらも同様に、作中の主人公が同じ境遇の作家だったからだ。有碍書が現世に効果を及ぼせるのはあくまで特定の条件下に入った対象のみ、そしてその対象とは原作の主人公と似た環境にいた文士、というのがこれまでのケースだった。

「『思ひ出』は詩集だよ。主人公らしい主人公は存在しない。しいていえば著者である僕くらいだ。僕のごく個人的な故郷を、主観でスケッチした詩の集まり。そんな作品が、なぜ帝國図書館の時間を丸ごと戻すなんて大技をなし得たのか」

「そういった小難しい論理を解き明かすのがお前の役目だ」

　相変わらず投げやりなネコだ。

「他の文士たちはどうしているんだい？　やけに人気がないけれど」

「急いでいる理由がそれだ。文豪たちが、次々と消えている」

「消えて？」

「時が戻っていると言ったろう。作家たちを転生させた事実そのものが、無かったことになっている」

両目を見開く。

「莫迦《ばか》な。遡るとは、そこまでなのか」

文士が全員消えてしまえば、有碍書一冊の問題ではない。

瞬《またた》く間に帝國図書館が、いや、文学が崩壊する。

「今はまだいくらかの文豪が残っているが、それもいつまでもつかわからん。だから著者であるお前を捜していたのだ」

胸が焦燥に焼けつく。真っ先に脳裏をよぎったのは、あのふたりのことだった。

「朔太郎くんと犀星くんは。まさか」

「無事だ。既に『思ひ出』に潜ってもらった」

「僕を待たずにかい？」

「時間がなかった。室生はお前よりもわずかに、この図書館に来るのが遅かった。つまり消える順番が早いということだ。準備を整える間がなかったから、一か八か潜書してもらった。まあ、こちらは選択肢を提示しただけで、決めたのは室生自身だが」

なるほど。有碍書に潜れば、現世を襲っている時間遡行《そこう》の影響から逃れられるかもしれない。確証はないが無策に待っているよりは試す価値がある――とはいえ犀星くんの性格を考えれば、いてもたってもいられず動いた、というのが本当のところかもしれないが。

「朔太郎くんは？　この図書館に呼ばれた順でいえば、僕よりも少しだけ古い」

「室生が行くのなら自分も、と」

「なら、まだしも安心か」あのふたりは離れない方が心強い。「他の人員は？　潜書は基本的に四人一組《フォーマンセル》だろう」

「いや、時間遡行の厄介は他にもあってな、浄化したはずの書が次々に黒ずんでいる。ドグラ・マグラ、郷愁、銀河鉄道の夜、競漕、もっと以前の物も――それらへの対処が先んじたせいで、すべての原因が『思ひ出』だとわかった時点では、もはや潜れる人材はあの二人しか残っていなかった」

蟀谷《こめかみ》を強く押さえる。どうやら事態は、なかなかに深刻らしい。

「愛弟子《まなでし》が心配か」

「弟子と呼ぶには彼らは大きすぎるよ。実力も功績も」

彼らは僕を血統《ちすじ》だと言ってくれるが、もはやあのふたりは僕の血からは解き放たれている。

「だが、そうだね、責任は感じている。今すぐに僕も向かおう」

「気をつけろよ。書に潜るとき、作家の魂はもっとも無防備になる。お前は『思ひ出』を通じ、自らの課題と誤魔化しなく向き合うことになるだろう。その心、侵蝕者《しんしょくしゃ》に潜られるなよ」

指先に力がこもる。爪《つめ》に弧状の薄紅が警告灯のように浮かぶ。踵《きびす》を返す。

「おにぎりはいいのか？」と掛けられる声に振り返らず、僕は懐《ふところ》から取り出した敷島《しきしま》を咥《くわ》える。こんな状況で食べる気など起きない。火を点《つ》け、吸い口を潰《つぶ》してひと息喫《の》み、吐き出した。

「僕の詩はいつも、薫《くゆ》る炎の暗がりから生まれるのだよ」

二

潜書の感触《さはり》は、
この身が洋墨《インク》の煙突《けむだし》にすぎぬと、
しめやかにしらせる。
鉄の香るLIQUIDが、黄色くかがやく群雲《むらくも》にまじるかはたれ、
わが魂は指さきからほどけ、
みづみづしい夢の硝子《ガラス》を慕い思ふ……

潜るたびに、そちらの世界で目覚めることを恐ろしく思う。広がっているのはあの悪夢に見た情景ではないかと。だが光が瞼を摩れば、気づかないふりはできない。僕はぎ

ゅっと力を込めたあと、目を開く。

木造の部屋の隅に、直立しているようだった。

肌の産毛が大気の暑い蒸れを感じとる。温度……三十度、湿度六十％といったところか。部屋には棺桶《かんおけ》に似た容器が並び、酒めいた香りを発している。特殊な環境だ。

「麴室《こうじむろ》か」

酒造において麴を寝かすための部屋だ。棺桶じみた入れものは製麴《せいきく》の過程で蒸米を堆積しておく容器。麴菌を振ったあと床もみをおこない、布をかけて保温し、しばらく寝かす。とはいえ僕の薄らとした記憶の景色と完全に同一ではない。挽臼《ひきうす》や、その上にちろちろと黄色い火を灯す蠟燭《ろうそく》もある。侵蝕者が改変しているからだろう。

薄明かりの部屋の奥に、ぼんやりと、細かな文字の陰影《かげ》を映す大仰な石版が打ち付けられている。近づいて読むと、見《み》憶《おぼ》えのある文言だった。

この秘められし抒情小曲集をそのかみのあえかなりし　国民詩人にして言葉の魔術師
Tonka John に贈る。

僕が『思ひ出』に記した序文が改変されている。

「本歌取りのつもりか？」苦笑する。

Tonka John は僕の故郷、柳河の方言で「いいとこの長男」というような意味だ。あえかは「か弱くなよなよしている」「頼りない」、そこに国民詩人だの言葉の魔術師だのと僕への頌詩《しょうし》を並べているのは、熱烈な皮肉だろう。序文はもういくらか続き、最後はこう締められている。

放埒《ほうらつ》の日のやうにつらからず、
熱病のあかるい痛みもないやうで、
それでゐて暮春のやうにやはらかい
思ひ出か、たゞし、わが秋の中古伝説《レヂエンド》

原文では最後に「？」を置いたはずだ。「中古伝説？」が正しい。だが侵蝕者の文では最後の一文字「？」だけが省かれている。なにか意図があるのか——

侵蝕者は大抵、文士たちに見つからぬよう本のどこかに隠れている。浄化するにはその居所を探り当てなければならない。そのために、文意《ホワイダニット》を探る必要がある——なぜこの本を、このようなかたちに書き換えたのか。それは侵蝕者の個人的な嫉妬《しっと》や執着、思想に繋がっている。読み取れれば、彼らが潜んでいる頁もおのずと見えてくる。

垂れてきた汗を指先で払う。

――この部屋だけではまだ、情報が少なすぎるね。

ひとまずは出口を探そう。他の場所へ繋がる道を見つけられれば、朔太郎くんや犀星くんとも出会えるかもしれない。

室内を見渡すと、一見して出入り口であろう扉があった。近づき、ノブを捻《ひね》って開けると、しかし真っ暗闇だ。煮沸された洋墨の溜《た》まりが沸々と斑模様《まだらもよう》に揺らいでいる。

手で触れてみる。指先がとぷりと闇に浸《つ》かる。痛みはない、が、ぞぞと背筋に怖気《おぞけ》が奔《はし》る。反射的に指先を引き抜く。中指を凝視すると、先端が分解されている。人としての立体を失い、ヴヴヴと映像がぶれるような描写となっている。

「シーンの終わりか」

侵蝕者は書きたいものだけを無計画に書き、全体の調和に気を配らない傾向がある。そのため、本の中に唐突に、こうしてシーンになりきれていない空間が現れる。

つづけてもうひとつの扉も開けるが、同じ様相だった。

――随分と狭いシーンだ。

比較的短い詩を元にしているからかもしれない。小説ではなく詩集の場合、詩と詩のあいだをうまく繋がなければ、すぐにぶつ切りのシーンの連続になってしまう。

こうしたシーンの終わりに行き当たった場合、いったん有碍書から出て改めて潜書しなおすのが定石《セオリー》だ。すると次の潜書時には、ある程度時間や場所を変えた続きのシーンから読み進められる。これを繰り返せば少なくとも本の結末までは辿《たど》り着ける。ただ今回の場合、そうもいかない。現実に戻れば図書館内では時間がさらに遡っている可能性がある。最悪、現世に戻った途端に僕の存在が「なかったこと」になるかもしれない。

となると他に出口を探すしかないが……顎を上げる。

天井に天窓が設けられていた。物は試しか。片手に軽く握り拳《こぶし》を作り、人差し指だけをフックのように出した——瞬間だった。

ガシャアン！　と硝子が砕け、きらきらと舞う光にまぎれて人影が降ってくる。大の男、と呼ぶにはずいぶん小ぶりな体格——

「白さん！」

落下しながら嬉しそうに笑う青年に、ふっと息が漏れた。

「犀星くん。無事だったのだね」

彼は危なげなく着地すると、硝子の砕片を小気味よく鳴らしながら歩み寄ってくる。

「白さんこそ。事情はネコから？」

「ああ。今しがた到着したところだ。世話をかけるね」

「いえ、俺自身の避難のためでもありましたから」

「朔太郎くんはどこだい」

「それが」犀星くんは頬を引《ひ》き攣《つ》らせる。「はぐれまして」

「はぐれた？」眉《まゆ》が上がる。「君と彼が？」

「すみません、説明は後で」

犀星くんは目つきをさっと鋭くし、天井を見上げる。犀星くんの通ってきた窓穴から、こんどは大きな影が落ちてくる。

一見して人ではない。木片を繋ぎ合わせて成人男性の倍近い上背となったバケモノ。眷属《けんぞく》だ。侵蝕者である親玉により作られた、あるいは親玉に引き寄せられて発生した、本来ここにいてはいけない存在。この形状は、本来よりも禍々《まがまが》しい造形をしてはいるが、織機《おりき》か？　がこんがこんと反復運動で腹に絡《から》めた糸には、華やかな沈丁花《じんちょうげ》の柄が刺繍《ししゅう》されている。糸の動きは艶《なま》めかしく肌理《きめ》細やかな唇のようで、擦《こす》れる音はあたかもONGO《お嬢》の声かのような音を出した。

『北原《きたはら》、白秋』

「驚いた。喋《しゃべ》れるのかい」

『偉大ナル国民詩人ニ、問イヲ』

「こいつ、さっきからこれしか言わないんですよ。情報を聞き出そうにも無視で」

「僕になにを問おうというのかな」

しかし機織《はたおり》人形は答えない。ぐぐと上体を逸《そ》らすと、糸の唇をこちらに向け、息でも吹きかけるように赤紫の瓦斯《ガス》を噴射した。反射的に後ろへ飛ぶ。瓦斯に触れた壁と床がじゅおうと溶け、酸の臭いを放つ。

「僕の返答も無視か」それとも、この攻撃自体がなにかの試験なのか？

「奴《やつ》には近づけません、それに遠距離攻撃も効かなくて」

「ほう、興味深いね」

右手を眷属へ翳《かざ》す。軽い握り拳から人差し指だけをフックのように出す。手の形に馴《な》染《じ》むように、銃が現れる――僕たち文士は有碍書の中であれば、描写の衣《ころも》により多様な事象を創作できる。武器はその最たるものだ。武器種には作家性が現れる。純文学作家なら刀、大衆文学なら鞭《むち》。詩歌を得意とする文士は銃器。詩人や歌人は一作品あたりに扱う単語数は小説家よりも少ないが、その弾の一発は高速で読者の急所を撃ち抜く。

僕の銃は、中でも少々珍しい。双銃身《ダブルバレル》のソーンオフショットガン。通常の散弾銃と違い銃身を切り落とす《ソーンオフする》ことで射程距離をある程度失う代わりに、至近距離での殺傷力を増している。詩、短歌、童謡、さまざまな言葉の庭を渡り歩き多作と称された作品数が、この弾丸数に現れていると言う研究者もいる。

引き金を搾《しぼ》る。雀蜂《すずめばち》のように飛び散った弾丸は機織人形の脚関節に、その数八百の粒《つぶ》だった穴を穿《うが》つ。ぎぎ、と人形はバランスを失い倒れる――が、ばらけた木片がすぐさま、物理法則を無視したように元の位置へと引き寄せられ、再び接着した。あたかも時計の針を逆に回したように。そして大きな図体がまた立ち上がる。

「なるほど。時の遡行か」

この効果は戦闘においては逆再生、つまり回復能力のように応用できるらしい。

「きりがありません。一旦《いったん》退避を」

「退避？」つい鼻で笑う。「そうか。君と潜書するのは初めてだったね。これを機に、指南しておこう」

機織人形が立ち上がり、花の唇をすぼめて息を吐こうとする、その糸と支えの木片を銃で再び破砕する。どれほど殺傷力の高い攻撃も、初弾の前に止めれば効果はない。さらに僕は左手を前方へ掲げる。そちらにも銃を顕現する。二挺《ちょう》の双銃身《ダブルバレル》。一発で致命傷となる描写《弾丸》たちを、二挺四銃身から提供するのが僕の様式《スタイル》だ。人形の足元を撃つと人形はバランスを崩す。

「詩人の責務は、言葉のひとつひとつに厳格に目を凝らすことだ」

僕は両手の銃を惜しみなく放つ。この程度の弾なら次から次に湧《わ》いてくる。人の心を動かす創作に比べ、眷属を露払う描写の易しさたるや。逆再生の間に合わぬ雨あられを沈丁花に降らせる。機織人形の分厚い木片の体軀《たいく》が抉《えぐ》り削られ薄くなっていくと、中心に一本の細い釘《くぎ》が現れた。金属とは思えない、ぬらりと黒く怪しい光沢を放っている。侵蝕者は書きたいものだけを無計画に書き、全体の調和を取らない。描写不足の洋墨だと一目にわかる。躊躇《ためら》わず、両手の銃でそれを撃つ。

　バシャ！　と飛《ひ》沫音《まつおん》が響く。釘もどきは僕の洋墨の濃度に負けて形を失い、床に飛び散る。木屑《きくず》となった人形は逆再生を試みる。が、元の姿を作る直前でヴヴヴと映像がぶれ、顫《ふる》え、崩れ、木屑に戻る。再度逆再生を試み、やはり途中で停止、木屑に戻る。これを壊れたレコオドのように幾度も繰り返す。

「回復や修復でなく、あくまで過去の再生なら、部品ひとつでも失えば叶《かな》わない」

「凄《すご》い。一歩も動かずに……」

　犀星くんが背後で呟《つぶや》く。

「それよりも、朔太郎くんとはぐれたというのは？」

　僕が振り返ると、「あ、面目ありません」と彼は姿勢を正す。

「侵蝕者を見つけ出そうと奔走していたのですが、この世界はいたるところにシーンの切れ目があって、朔はあの中に」

　犀星くんは部屋の隅に蠢《うごめ》く、真っ黒な洋墨溜まりを指す。

「まさか。あの闇に取り込まれれば無事ではいられまい」

「俺も焦《あせ》りました、が、どうも不可解というか」

「不可解？」

「取り込まれる瞬間にアイツ、笑っているように見えたんです」

　眉根を寄せる。それは確かに不可解、というか意味深長だ。

僕は足元に転がる瓦礫《がれき》の破片を拾い、闇に放ってみる。石は霧散し、洋墨に還《かえ》る。やはり、あそこは描写の終わり、入れば存在ごと分解される奈落《ならく》に違いない。

「とはいえ、僕たちが賭《か》けで入ってみるにはリスクが高すぎるね」

「ですよね」と犀星くんは顔を暗くする。

「だが悲観的になるにも早い。朔太郎くんのことだ、僕たちには気づけない道を見つけたのかもしれない」

彼の『月に吠える』は日本詩界の金字塔と誰もが認める。その偉業の幹は、口語詩を確立した点にある。以前と以後ではまったく世界が変わってしまう歴史的転換《パラダイムシフト》を起こした彼なら、時を操る侵蝕者の懐にも迫った可能性はある。

「……たしかに」

「それに僕たちの目的は一緒だ。侵蝕者の討伐。ならばいずれ落ち合える。侵蝕者の居所にめどは？」

「まだです。三つの情景を渡りましたが気配すらありません。ただ、詩になぞらえた各シーンが単語で繋がっていることは間違いないようです。たとえば俺は『沈丁花』の窓を通って、ここに来ました」

沈丁花。『思ひ出』に収録されているごく短い詩の名だ。その内容を記憶から引っ張り出す。

からりはたはた織る機《はた》は
佛蘭西《フランス》機《ばた》か、高機《たかはた》か、
ふつととだえたその窓に
守宮《やもり》吸ひつき、日は赤し、
明《あか》り障子の沈丁花。

部屋を見渡す。目立つのは最初にも見た挽臼《ひきうす》と、黄色い火を灯す蠟燭。それから、顔を上げれば天窓。

「なるほど、ここは『穀倉《こくぐら》のほめき』か」

同じく、この本に収められている詩だ。比較的長い詩だが、前半はこうだ。

思ひ出は穀倉の挽臼の上に
ぼんやりと置きわすれたる蠟燭の火か、
黄いろなる蠟燭の火は
苅麦《かりむぎ》と七面鳥の卵とに陰影《かげ》をあたへ、
悪戯者《いたづらもの》の二十日鼠《はつかねずみ》にうちわななく。

柔かに泣く声は物忘れゆく女のごとく、
薄あかりする空窓《そらまど》の硝子より、
ふけゆく夜のもののねをやかなしむ。………
黄いろなる蠟燭のちろちろ火。

「つまりキーワードは、『窓』だね？」

「さすがは白さん！　俺は三つのシーンを渡ってようやく気づきました」

つまりこの有碍書には、各詩を舞台にしたぶつ切りのシーンがいくつも設けられている。アパルトメントの部屋のように。シーン同士は内部に含まれる「単語」を扉代わりにして繋がっており、移動が可能。

「有益な情報だ。迷路のようではあるが、この法則に従って詩を渡っていけばいずれ侵蝕者の居所にも辿り着ける、というわけだ」

「ただ、潜伏場所に繋がるキーワードが、どの詩のどの単語なのか。なにせ『思ひ出』には膨大な詩が収められていて、単語も無数に含んでいますから」

「僕も単語すべてを諳《そら》んじているわけではないが、少なくとも指針程度は見えるよ」

「え、本当ですか」

「単純な話だ、侵蝕者の立場になって考えるといい。極力発見されづらい単語の先に潜みたいはずだ。たとえば今回の『窓』で繋がった先にいるのは好ましくない。隣のシーンから窓を通じて姿が見つかってしまいかねないからね」

「たしかに」

「同様に、『空室』や『平野』といった見晴らしのいい単語も選外だ。もっと暗く、秘《ひ》匿《とく》性の高い単語を選んでいるはずだ」

「『隠れ家』という単語でもあれば、おあつらえ向きということですね」

「いい指摘だ。ただ生憎《あいにく》そんな単語をこの詩集に入れた覚えはない。そうだね、次点で有用そうなものといえば――」

犀星くんが息を呑み、言葉の続きを待つ。僕は顎に手を当てる。

「『陰影《かげ》』を辿ろうか」

穀倉のほめきにも含まれている、陰影。僕は生前この単語をよくつかった。

三

侵蝕者が湧いてきた床《とこ》の物陰――陰影を手探りすれば、闇に紛れて巧妙に隠された、通気孔めいた穴があった。踏み入ると、時空が歪《ゆが》み出す。

やがて小さな港町の堤防に出た。どうやら詩「時は逝《ゆ》く」であった。

ボーオーと、巨大哺乳類《ほにゅうるい》の唸《うな》りに似た声を棚引かせながら、赤錆色《あかさびいろ》の蒸気船が通り過ぎてゆく。夕刻、陰影すらも赤みを帯びる頃あいに、黒猫は岸壁へ座り、海鳥の鳴き声をきゅるるきゅるると模倣する。時の流れは湿度をもって緩慢に、だが無警戒な人々をくすくす笑うように爽《さわ》やかな黄昏《たそがれ》に過ぎてゆく。

「侵蝕者、見当たりませんね」

「ああ」

眷属さえ出てこない。ただ時間の流れを意識させる望郷のみがさざ波立っている。

夕闇の中に薄らぼんやりと看板を灯す喫茶店に入った。

店内の出窓には、罅《ひび》の入った珈琲碗《コーヒーカップ》に植えられた薄紫色の泊芙藍《さふらん》が花をつけていた。その花弁から伸びる陰影に目を向けた途端、ぐにゃりと視界が歪み、次の情景へと飛ぶ。詩「泊芙藍」へ。花の匂いは記憶を呼び起こす。忙《せわ》しなかった作家時代の日々から、幼き日の故郷へ。いつしか色を薄めた花は、淡き白の朱欒《ザボン》に変わっている。詩「身熱」へと転移する。

三歳のころを歌った詩だ。当時、僕は劇《はげ》しい窒扶斯《チブス》に罹《かか》った。あまりに高熱の僕を面倒みていた乳母は、その熱を伝染《うつ》され息を引き取った。彼女が死んだと知ったのは、朱欒の花の陰影《かげ》から通ってゆく葬列を眺めていたときだ。彼女の記憶を僕はこれといって持っていない。ただ母上のふところから伸びあがって白い柩《ひつぎ》を眺めた時間のみを覚えている。その小さなシーンだけが、僕のために死んだ乳母が僕の中に残したものだ。

右目の下瞼が痙攣《けいれん》しはじめ、僕は指先で押さえる。

――よくないね。

わかってはいたことだが、この世界は僕の個人的感傷によりすぎている。記憶と思い出では明確に意味が違う。記憶はあくまで覚えている情報に過ぎない。対して思い出とは、主観的な時間の包装《パッケージ》だ。客観的に見れば公平かつ無限に続いている時間の中から、主観で特別視した一部にスポットライトを当て、強調する。これを思い出と呼ぶ。ネコの言った通りだ。この詩集は、僕を僕の魂と向き合わせようとしてくる。

犀星くんと僕はさらに、詩「螢」「幻燈のにほひ」へと渡り、最後に「陰影」という、まさにそのものの名を持つ詩へと到着した。

今度は朝方の情景だ。かはたれ時の薄青い光源のもと、はじまりを祝福するかのような鳥の歌が耳をくすぐる。足元を機敏な蜥蜴《とかげ》が、今を切り取るかのように走る。

あまりに緩慢とした時間に、つい町の時計へ目を向ける。すると秒針が一瞬、停止したかのように感じられる。永遠に近いときのなかで、ひとりの女が褐色《かばいろ》の床を素足で、栄華と激情を振り乱すように舞踊している。その長い手脚が延びると、鋭角な窓から射《さ》し込む鮮やかな斜光が、柔かな軟風《そよかぜ》に乗ってあたりに浸透していく。伴奏者の鍵盤がタップダンスを奏《かな》で、哀歓の曲節《メロデア》が夜と朝の境界《さかい》を揺蕩《たゆた》っている。舟のざあぶざあぶと寄せる波紋が、血管のささやかな逆行《さかゆき》を想わせて揺れる——

無音よりも静かな活字の光景からどうにか脱け出して、廃《すた》れた町の細い小道を進んだ。

「一体、どのくらい経ったのでしょうか」

犀星くんが焦《じ》れた様子で空の色を見やる。

さっぱりわからない。この有碍書の中は、まるで現在から切り離されているかのようだ。

「どうだろうね、作られた世界では日の陰りなど時間の目安にならないから」

「この空が続くと不安にさせられます。かはたれ時や夕焼け、薄暮《くれがた》、曖昧な空模様ばかりで」

たしかに。単に「思い出」といったとき、夏の眩しい青空のような爽やかなイメージを持つ者も少なくはないだろう。だが僕の『思ひ出』は対極だ。暗く、赤く、くすんでいる。

「犀星くん、君から見て、この作品の特徴はなんだと思う?」

「特徴、ですか」

「それが、侵蝕者がこの書を選んだ理由に繋がっているかもしれない。犯行動機がわかれば攻略法も見えてくる」

犀星くんは、そうですね、と思案するように顎に手を添える。

「『思ひ出』が切り取っているのは、平凡な日常ではありません。子供のころ、日常の隙間《すきま》に潜んでいた不可思議な幻想です。さっきまで明るく笑っていたはずが、友達と別れて帰るときにはいつのまにか周りがひどく静かで、不気味で、でも魔法めいた世界にこのまま行けてしまうような陶酔。客観的にカメラに収めればそんな風景ではないはずですが、『思ひ出』を読むと、現実よりも幻想的なその情景が目の前に再生されます。心が不安になり、物寂しく、でもそれが魅力的にも感じられるのです」

「さすがの言語化能力だ」

「いえ、白さんはなぜ、ご自身の故郷に、あんな言葉を選んだのですか」

「あんな言葉？」

「灰色の柩」

ああ、と息を吐く。生前、我が故郷をそのように比喩《ひゆ》したことがある。

「理由は、とても客観的な視点で柳河を見たからだと、当時は自己分析していたがね」

街を貫通する数知れぬ溝渠《ほりわり》、日に日に廃れゆく旧《ふる》い封建時代の白壁、瓏銀《ろうぎん》の光を放つ人工的河水、水門の開閉と水しぶき。おせじにもこれからの街とは言えず、静かに終わりを待つ故郷――

「でも、今では違うと？」

「ああ。あれこそが僕のひどく主観に根差した、僕なりの郷愁だったのだろう。内にいたときにはぼんやりとした劣等感さえあったが、外に出ると、ある種の愛《いと》しさを含みもした。この感情はあの土地への否定でも肯定でもない。誰しも、父の背中や母の乳房を愛しく思いつつも、いつかは過ぎたるものなのだと思い知るときがくるだろう？　嫌いになったわけではないが、離れなければならない日はくる。同様に、柳河という故郷もまた僕にとっては、愛しきくすんだ無彩色を放っていたのだよ」

十九の春、父からの反対はあったものの母と兄の手を借りてこっそりと、逃げるように上京した。僕は裕福な家のTonka John《お坊ちゃん》だったから、ひとりで買い物に行ったことすらなかった。ランプの掃除や下帯の始末もどうすればいいか知らず、そんなことを真剣に悩んでいた。それでも、あそこから離れなければならないという感覚はあった。ここにずっといても、未来はないと感じたから。

しかし、やはり決して、故郷を見捨てる気持ちではなかったのだけれど。

犀星くんは再び、くすんだ空を見渡す。

「その複雑な心境に、侵蝕者は共感したということでしょうか」

「わからない。ただ、もしそうなら、この世界はなかなかに矛盾を含んでいるね」

「矛盾？　どこがでしょう」

「この有碍書からは『過去』への強い執着を感じるだろう」

「ええ、図書館を襲った効果や、出てくる眷属の能力から見ても間違いなさそうです」

「だが『思ひ出』という本はそもそも、過去を肯定ばかりする作品ではない。むしろ不安で物寂しい故郷を描いている。ではなぜ、侵蝕者はこの本を選んだのだろう？」

　もっと故郷を美しく賛歌した本でなく、あくまで廃れゆく故郷の哀愁を書いた『思ひ出』を。

「……確かに」

「侵蝕者にとっての故郷《灰色の柩》とは何か？　それを解き明かすことが、居場所を突き止める鍵《かぎ》になりそうだね」

　それからも、あたたかいような、やわらかいような、それでいて寂しい景色が淡々と続いた。心の色彩がセピアめき、そこはかとない不安が身体に染み込んでくるようでもあった。絹糸ほどのささやかな緊張がずっと続くせいか、倦怠感《けんたいかん》が蓄積してくる。斜め後ろからうかがうと、犀星くんの横顔も不安げだ。あるいは、これは僕の不安症のせいなのかもしれないが、ともあれ話題を未来のものに変えた。

「犀星くん。君たちはなぜ、今になって詩集を作ろうと思い立ったんだい。いや、本の復権はわかるが、その点では我々は、侵蝕者の浄化というもっとも大きい任を担《にな》っているだろう？」

犀星くんは歩きながら、振り向く。

「たしかに、侵蝕者との戦いは文学を守るためのものです。でもこれは表裏のうち、表の戦いに過ぎないと俺は思います。裏の問題は、人々が本を読まなくなっていること。読まれなくなれば、文学も文士もいずれ、力を失ってしまうでしょう」

　僕たち転生文士たちを形作る要素はいまだ研究過程だ。だがどうやら、作者や作品を読んでくれている者たちの数や意識が、僕たち文士の魂の強度に影響することは、ある程度間違いないともされる。

「文学の先行きが見えない闇の中でこそ、俺たち作家が光を指し示すべきです……って、これもまた、白さんの影響ですけどね。あなたが晩年に襲われた闇――失明と戦いながらも創作を続けた姿は、俺に感銘を与えました」

　言われて、はっと記憶が呼び起こされる。僕は晩年、病により視力を失った。

　そして失明に見舞われたのは、犀星くんのお養父上《ちちうえ》も同じだったはずだ。

「俺自身は白さんや養父の気持ちを身勝手に推し量るしかできません。ただ、近くで無力を感じたからこそ思うところはあります。闇の中にいる人にこそ、言葉はより鮮明に届く。闇の中にいる人だからこそ、紡《つむ》げる言葉がある――だから今は文学再生のために、やれることをすべて、やってみたいのです」

　犀星くんの筆名は彼の故郷・犀川の犀と、星とを繋げたものだという。彼はなるべくして、文壇を優しく照らす星となったのかもしれない。

「白さんは、現代文学をどう見ますか」と犀星くんがこちらをうかがう。

「生前に思い描いたものとは、違う道を辿っているね」と僕は正直に答える。

「たとえば？」

「僕の死後、文学はある程度は、人類社会の礎《いしずえ》として大きな力を持ったようだ」

　肥大化しすぎた国々の摩擦が世界全体に緊張を走らせるとき、人々は拠《よ》り所《どころ》を求め新しい思想を作り出す。その思想への狂信が、また新たな争いの火種となる。こういった思想の拡散において本は、触媒として有効に機能した。生前、僕は戦争を歌ったが、今思えばそれも世界の荒波におけるひとつの漣《さざなみ》だった。

「とくに小説は影響力が強かったのではないかな。国が利用しようとした戦争小説や、国際意識の高い煽動《せんどう》小説に限った話ではない。もっと大衆的かつ俗習的な世界観で、社会不満を描いた作品が隆盛した――〝死んでから花をほしがる奴なんているもんか。一人もいやしないよ〟――義務的な物語の筋から解き放たれ心理描写を突き詰めた小説は、ときとして詩的でさえあった」

「詩的な描写小説といえば、もっと短い時間の情景を濃厚に切り取ったものも出てきました――〝サメは寝返りを打つようにぐるっと一回転した。その目はもう死んでいると老人は見た。サメはまた一回転し、銛綱《もりづな》を二まわり体に巻きつけた。明らかにもう死んでいるのだが、サメはそれを認めようとしない〟――詩が短い言葉で印象を切り取るのに対し、小説は豊潤な紙幅で生々しいリアリティを描いた」

僕は頷く。

「しかし詩は、生々しさとはある種反対の地へと向かう。コンクリート・ポエトリー」

「統語からの解放ですね」

文字を直線でなく星座のようにちりばめたり、サイズ・角度をさまざまに組み替えて絵のように扱ったり。タイポグラフィの文脈からも語られる手法をそう呼ぶ。

「あれは文字への先入観を限りなくリセットしようとした原点回帰だ。一言一句への依存度が高い、詩という表現だからこそ、言葉の限界を越えたかったのだろう」

犀星くんが少しだけ、表情を曇らせる。

「後進たち――いや、今の俺たちから見れば先人たち――彼らは、言葉には限界があると思ったということですか？　その、いわゆる今までの活字としてのアプローチだけではいずれ頭打ちになると」

難しいところだ。そうとまでは言い切れない。

僕だって、言葉の力を信じていないわけではない。とはいえ、絶対大丈夫と言い張るのも嘘だろう。それは盲信であり不自然だ。慎重に言葉を選んだ。

「言葉は依然、優れているよ。ただ、書くのみで表現できることが少ないのも事実だ」

「では、どうすればよいのでしょう」

「そうだね、これはあくまでひとつの心掛けにすぎないが……言葉を職にしている者ほど、言葉を重ねれば伝わると信じすぎる。ただ実際には、余計な加算は本質を濁す雑音となる場合の方が多い。読者は書かれたことを読み取っているのではないからだ。言葉によって呼び起こされた、自らの記憶に触発されているに過ぎない」

「自らの？　どういう意味でしょう」

「人は膨大な記憶を蓄積していて、それらが本人の思想や行動を決定する。だが普段はそんなこと、意識もしない。いわば記憶は、心の布団《ふとん》のなかで丸くなり眠っている状態だ。その背中を、言葉は優しく摩《さす》る。すると記憶は、本人さえ無自覚だった役割に目覚め、宿主を突き動かす――僕たちにできるのは、せいぜいその程度だよ」

　犀星くんは深く考えるように、拳を唇に当てる。

「つまり、書いた言葉よりも、そこから読者が想像する、書かれていないことに気を配れという意味でしょうか」

「大まかにはそうだね。本当に大事なものはいつだって、行間に潜んでいる」

「行間」

　少し喋りすぎた。今さら犀星くんに、偉そうに講釈を垂れることではないだろう。しかし犀星くんは「ありがとうございます」と礼儀正しく頭を下げる。

「白さんは、その域に達したのですか」

「達したと思ったときも、生前にはあったけれどね。今はそうは思えない」

「じゃあこれから、どうしていくつもりですか？」

口を噤《つぐ》む。僕はこれから、どうすべきか。

簡単に出せる答えを持ち合わせていない。言葉には誠実たりたい。

夢を語る犀星くんや朔太郎くんが不誠実というのではない。彼らは自分の力を信じているのだろう。若い頃の僕と同様に。僕は彼らの前では、あの頃のように振舞うが、それは身体の奥底に染みついた北原白秋の残滓《ざんし》のようなものだ。内心では、自分の力を疑っている。僕の人生にはいくつもの挫折《ざせつ》がある。

幼少の頃、ひどく病弱だった。そのくせ生まれつき正義漢で、厄介事と相対した。力及ばず悔しい思いを幾度もした。故郷を愛する一方で、ここにいるだけではだめだと思い上京を決めた。だがTonka John《お坊ちゃん》であった僕は、常人なら当たり前にできることができなかった。ひとりで買い物に行った経験さえなかったのだ。八年で十五回転居した。漠然とした満たされなさをどうにか変えたかったからだろう。だがいつも僕の力は、求めるものに及ばない。齢《よわい》十九のとき、この名と同じ一文字を兼ね合った親友、白雨《はくう》が自《じ》刃《じん》した。齢二十七で愛した人への過ちを犯し、獄舎に監禁された。

その翌年、自殺を考えた。

海へ向かい、二週間ものあいだ過ごした。だが、とうとうそんなちんけな思い切りさえ出せず、死ねなかった。当時の僕はこう言葉を残した。

——どんなに突きつめても死ねなかった、死ぬにはあまりに空が温く日光があまりに又眩しかった。

当時の気持ちは量れないが、これは決して自己肯定の言葉ではないだろう。周囲の者が優れすぎていて、優しすぎた。反して僕はあまりに暗く矮小《わいしょう》であった。だからあまりの眩《まばゆ》さに逃げ帰ったに過ぎない。

光を恐れる理由が、今さらわかる。現実の始まりだからだ。朝目覚めるたび、理想に届かない自分を知る。無力な現実が始まる。この世界は、僕には明るすぎる。

「僕はいまだ、光に焼かれている最中だよ」

その答えに犀星くんは、意味を取り切れなかったらしく困ったような表情を浮かべた。だが僕が微笑《ほほえ》むと、それ以上はなにも言わなかった。

ふたり静かに歩いている間に、前方の夜が明るみ出した。

ふつふつと朝焼けめいた光の粒が散らばり、視界を赤白く染め上げる。その光に呑まれるように、わずかに陰影のかかった青白い月がこぢんまりと浮かんでいる。

犀星くんがひとり言のように、ああ、と呟いた。

「陰影《かげ》はここで終わりだ」

「陰影はここで終わりだ」

「え？」

「白さん見てください、あれ」

と犀星くんが振り返って指差した背後へ、視線を向ける。

僕の足元から伸びた陰影が、ぐうっと遠くまで伸び、不自然に曲がり角の先へと続いている。

「夜明け前の光に照らされて、陰影が濃く出たようです」

「ああ……あからさまだね。まるで道標だ」

かといって、辿らないわけにもいかない。侵蝕者の居場所を知るには彼らの思惑を探る必要がある。時間もない。朔太郎くんの居所に繋がっている可能性もあり得る。

犀星くんと頷きあい、陰影を追いかける。と、やがて影はまるで飛び石のように、途切れ途切れの長方形をかたち作った。

等間隔のそれらを踏むさいによく目を凝らせば、写真のネガのように、奥底に画像が沈んでいるのがわかった――生前の僕だ。

時間を遡っている。

死の直前から、病で視力を失った頃、静的《スタチカル》な自然を描いた白銀《しろがね》の時代、動的《ヂナミカル》な絢爛を描いた黄金時代、作家になった日、少年期、幼年期――しかしどれも今は、深い赤黒色のネガに包まれているため細部は見えない。まるで僕の記憶のようであった。情報として思い出せはするが、そこに豊かさを感じない。くすんだ柩。

ネガとネガとをぴょんぴょんと踏み渡っていくと、やがてそれらの写真が地面に、時計の文字盤のような円を描いて並んでいる場所にたどり着いた。

十二枚のネガは、しかしどれももう真っ黒で、なにを映しているのか見当もつかない。文字盤の中心には針軸《はりじく》のような黒点がぽつんとあり、そこから硝煙じみた黒い靄《もや》が立ち上ってきたかと思うと、一枚の重々しいドアを出現させた。

ドアにはご丁寧に、内部から赤く発光したノブが付いている。

「入れ、ということでしょうか」

「そのようだ」

時計——これも僕が『思ひ出』の中で何度か使った単語だ。そういう意味ではこの扉が重要なシーンに繋がっている可能性は高い。ただ、引っかかる。

ここまで、眷属に襲われたのは最初の一度きり。それも扉星くんを襲っていたものが、僕のいたシーンまで流れ込んできただけだ。僕自身が眷属に待ち伏せされた機会は一度もない。ならば、侵蝕者はその力をどこか別のところに注いでいるはずだ。

「先生？」と扉星くんが言うので、僕は「ああ」と頷き、ドアノブを握った。

四

捻った瞬間、手のひらに熱を感じた。と同時に、こちらが力を加えるよりも早く押し付けてくる圧で、扉が開いた。熱い突風が吹き込んでくる。咄嗟《とっさ》に腕で顔をかばい、息を止めた。熱風が頬を掻《か》き通り過ぎたあと、細めた目から情景を一望できた。

炎だ。

燃え盛る、真摯《しんし》に赤白い炎。

空は暗澹《あんたん》たる夜だった。その黒を染め上げるように、炎渦が咆哮《ほうこう》している。

「ここは」扉星くんの声にわずかな動揺が混じる。「『思ひ出』に、こんな暴力的な情景はないはず」

彼は顔をしかめ、鼻を押さえた。

「……この臭い。アルコール？」

僕は炎を見つめる。この光景を知っている。くらやみに燃え聳ゆ基柱、うねり昇る六々魚、乾いた褐色の花粉。眠るたびに悪夢に見る、赤白い光の暴力。

「酒が燃えているのだよ。三千石の酒倉が」

僕が若い頃、北原家は巨大な酒倉を持っていた。それが一日で火の粉に消えた。実家の川向こう、大工の作業場が最初の火の手だった。
寒い早春の日光射す中、強風で飛んだ火の粉は風下の酒造場へと流れ、炎熱が豪雨のように大地を襲った。延焼の腕《かいな》は酒倉のかやぶき屋根を瞬く間に焼き焦がし、倉の中に並んでいた酒樽《さかだる》を乳母のように覆《おお》い包んだ。何百荷という酒樽は夜泣き喚《わめ》く乳飲み児のように爆裂し、竹の箍《たが》が方々へ花火のように弾《はじ》け飛んだ。北原家が誇る三千石の酒は赤白く反射した水流と化し、掘割に灘《なだ》崩れ込んだ。駆け付けた消防隊は、蒸せ返る酒気《さかげ》に中《あ》てられ、まともに機能しなかった。滔々《とうとう》と流れる酒の川に無数の魚が浮き上がり、下流では愚衆が桶《おけ》や甕《かめ》を抱えて群がり我先にと汲《く》み集めた。

とうに過ぎ去った前世の記憶、だが今の僕にとって前世と現世の境界は曖昧で、夢と現実の区別は頼りない。こんな幻影でも、僕を焦がすに充分な力を持つ。

蟀谷《こめかみ》を押さえ、顔を歪める。

――この光さえ払えれば。

おそらく、僕が夜も昼もを恐れるすべての元凶だ。これさえ消し去れば筆力で侵蝕者になど後れを取るはずがない。

「白さん！」

はっと、犀星くんの声に意識を引き戻され視線を上げた。

炎が目の前に襲い来る。とっさに手を前方へ翳して描写する。柳河の水流。指先から溢《あふ》れ出た水が炎を堰《せ》き止め、じゅごろ、と多量の水蒸気が茸雲《きのこぐも》のように巻き上がる。

湯気の向こうにぼんやりと、人影が見えた。

一瞬、目を疑った。若い頃の僕自身に思えた。

だが汗の垂れてきた瞼をぎゅっと閉じて再び開けると、湯気が晴れたあとに立っているのは、僕とは似ても似つかぬ青年だ。

「やはり、この程度の炎では効きませんか」

青年は火柱に囲まれ、切れ長の目元が煌々《こうこう》と光を反射している。黒い着物を羽織っている。一見すると無地だが、炎のちらつきに合わせて様々な織り柄が顔を覗かせる。

曼珠沙華《ひがんばな》、鵜《う》の鳥、蛇目《じゃのめ》傘——

煙と混じった蒸気で呼吸が苦しい。咳《せき》ばらいをした。

「君が親玉かい」

「いかにも。詩編の迷宮を抜けて、よくぞここに辿り着きました」

「趣味の悪い舞台だ」

「そうですか？　貴方《あなた》の無力を知るには最適かと」

「朔はどこだ！」

と、僕の隣で犀星くんが声を荒らげる。青年はそこでようやく視線を彼へ向けた。

「白秋先生だけでよかったのに。美しき川のほとりにはどうしても稚魚が棲《す》みますね」

青年が片手の人差し指と中指を立て、その指に接吻するように唇をつけた。

瞬間、指の隙間から朱線が奔った。光の速さで犀星くんに到達し、爆発。

煤塵《ばいじん》が巻き上がり、そのあとに対極的な、細い雨が降る。

濡《ぬ》れた煙の中から、頭をかばい、目を丸くした犀星くんが顔を覗かせる。

青年が再び僕の方へ目を向ける。

「……まだ、そんな力が残っておいででしたか」

「僕の前で勝手はさせないよ」

両手には既に双銃身がある。弾丸は書き手の描写に合わせて特性を変えられる。今は炎に触れると瀑布《ばくふ》のごとき水を顕現するよう調整した。青年の背後から、さらなる炎が濁流のように襲いくるが、それを堰き止める。

拮抗した一瞬の隙に、犀星くんが左手に銃を現した。僕とは形の異なる無骨な回転式《リボルバー》だ。その銃口が青年の脳天へ照準する。炸裂音《さくれつおん》。が、弾丸は青年を傷つけることなく通り抜けた。犀星くんが目を剝《む》く。

「な、これは――」

青年は涼しい顔で炎の中に立っている。僕は目を細める。

「幻影か」

違和感には気づいていた。この青年は火柱に隠れているせいで見えにくいが、口元と言葉の動きがわずかに噛み合っていない。洋墨《インク》で巧妙に作られた描写だ。

「君の本体は、ここにもいないのだろう？」

「さすがですね」

「過去の再生が可能ならば映像を見せるくらい容易《たやす》い。会話はどのように飛ばしているのかな」

「企業秘密です」

ふざけた侵蝕者だ。

「君の力にはもうひとつ、解《げ》せない点がある」

「なんでしょう」

「侵蝕者の庭は、基本的に有碍書《ゆうがいしょ》の中だけのはずだ。なぜ現世の文士にまで影響を及ぼせたのかな？」

「ああ、それは簡単ですよ。有碍書の中には、特定の条件下でだけ現世に影響を及ぼせるものがあることをご存知ですか」

「いくらかは聞いている」

宮沢賢治『銀河鉄道の夜』は特定の時間に眠っている対象を、織田作之助『郷愁』は締切り直前の対象を、強制的に潜書させた。

「私の能力は、過去を再生する対象に対してのみ、現世であっても強力に作用します。

たとえば映写機や本。これらは過去の記録を再生するものに含まれます」

犀星くんが「だから図書館が」と顔をしかめる。

僕は眉根を寄せる。いや。恐るべきはそこではない。過去を再生するものすべて、ということは――

「転生文士」

と呟く。

「僕たちは過去の文士の情報をもとに、現世に再生された存在だ。ならば『過去を再生するもの』を操る君にとって、全文士が影響下にある」

「その通り」

青年の、過去の映像に過ぎないはずの顔が笑みを強くしたように見えた。

首元を汗が伝う。水で押さえつけている炎が、青年の背後で勢いを増す。時間がない。

侵蝕者は、本当はどこにいる？　少しでも情報を得る必要がある。

「何故《なぜ》、こんなことをするんだい」

「本の時代は終わるべきなのです。いや、本質的にはもう終わっていると言えます」

「興味深い意見だね」

「現代の人々は本を読まなくなっている。なぜかわかりますか」

「自明だよ。君たち侵蝕者が文学を壊しているからだろう」

「いいえ。順序が逆と考えたことはありませんか？　貴方がたが侵蝕者と呼ぶ、我々の行動原理は確かに個人的なものです。しかし私たちが発生する原因は何でしょう。文学に失望したからです。こうして特別な力を持つ侵蝕者が次々と湧いてくるのであれば、その原因は文学側にある」

　少し考え、首を振る。

「いや、やはり詭弁《きべん》だ。君たちが文学に失望したのは、文学に身勝手に期待し、身勝手に裏切られた気分に陥ったからだろう。読者が多ければ偏執家も多少は現れる。だが割合として大多数は、純粋に文学を楽しんでいるよ」

「我々は常人よりもひときわ高く、文学に関心を持った。その人材を救えなかったのは文学の責任ではありませんか？」

「本は劇物だ。毒にも薬にもなる。激しい戦いへ煽動《せんどう》する本もあれば、涙一雫《ひとしずく》を滴《したた》らせるだけの本もある。それは読者の素養次第だ。また、戦いを救いと感ずる者もあれば、涙などという一時の気休めがより強い不幸に繋がってしまうケースもある——それらの境界は繊細かつ症例は無限だ。本は単体で完結しているのではなく、読者ひとりひとりとの化学反応により結実する。文学に責任がないとは言わないが、同程度に、読者自身にも責任があるのだよ」

「その点が、薬としては不完全だと言っているのです」

侵蝕者は語気を強める。

「人間が作り上げようと研究してきたものはいつだって、誰に使わせても極力一定の結果を出す利便道具です。焚火《たきび》よりも燈會《ランタン》が、燈會よりも街灯が安定していて、不安定な過去の発明はじきに尻《しり》すぼみしてゆく。その点、本は不安定すぎる。読む労力に対し、見返りが足りていない。現代の需要に合っていない。だから人々は、本に愛想を尽かせはじめている」

「本のすべてが利便でなければならない道理がどこにある？　毒になる本があり、薬になる本がある、そのうえで毒にも薬にもならない本があるということが、本の価値だ」

「無駄なまがいものが存在することが、ですか？」

「大いなる可能性だ」

「そちらこそ詭弁ではないですか」

「違うね。最短距離、最大効率からのみでは生まれない突然変異がこの世には存在する。君は先ほど、特別な力を持つ侵蝕者が生まれる原因は文学にあると言ったが、ならば逆も言える。錬金術師《アルケミスト》や我々転生文士を生み出しているのもまた文学だ。これらは陰と陽であり、どちらかしか存在せずというのは有り得ない。文学は水面に放った石だ。石は波を立てる。波の行く先は狙《ねら》ったものではない。闇かも知れぬし、光明かもしれない。そのゆらぎを可能性と呼ぶのだよ」

「結果論です。その光明を意図的に生み出そうと努めるのが人類だ。初めから偶然に頼る開発者がいないように」

「だから君は、本を終わらせようというのかい？」

「ええ、今こそ本は変わるべきだ。本ではない別の形に。その進化を推し進めるためには、既存の本が権威かのようにのさばっていてはいけない」

「平行線のようだね」

「残念ながら」

　彼の頷きとともに、彼の背後から炎の濁流が滝のごとく勢いを増し、押し寄せてくる。僕は素早く双銃身を空中から引き抜くように取り出し、凝縮された水の弾丸を二挺同時に放つ。弾丸と炎が衝突し、爆発、轟音《ごうおん》を響かせる。圧力をもった蒸気と煤煙が波紋のように、僕たちと侵蝕者へ広がる。熱気と湿度と煤《すす》に顔をしかめる。

　だが青年は、煙の中から涼しい顔を見せる。

「今、作品ごと殺すつもりでしたね。愛しくはないのですか？　この『思ひ出』が」

「愛しいさ。だが作品などまた書けばいい。今は懸命な後進たちと、文学を守ることが優先だ」

　ただ、こんな攻撃はその場しのぎだ。青年の居場所を見つけないかぎり。話せば情報を得られるかと思ったが、本そのものに失望している侵蝕者とは。情報が漠然としていて、この詩集のどのシーン——どんな詩に潜んでいるか見当もつかない。「骨牌《かるた》の女王」「黒い小猫」「みなし兒《ご》」「秋の日」「隣りの屋根」「赤足袋」「青いとんぼ」……

「いまだ、手段を考えているのですか。しかし、辿り着いたとて私を浄化することは難しいでしょう」

「なぜかな」

「貴方がたの力は言葉ありきです。しかし私は本に失望している。本を信じなくなった者に、作家の言葉は届かない」

　ばかな。作家の筆力が通じない侵蝕者などいるはずがない。はったりだ。

「私が支配するこの世界では詩など、ただ紙に付着した洋墨汚れに同じです」

　青年が手のひらをこちらに翳す。火星原から洋墨が溢れ出す。それは黒でなく白だ。瞬間、全身に怖気が走る。白は光となり、激流のようにこちらに襲い来る。赤白い猛火がフラッシュバックし、反射的に目をぎゅっと閉じる。

　そのとき、誰かに手を引かれた。身体が横に倒れ込み、銃が手から零《こぼ》れる。薄く開いた目から、犀星くんが見えた。彼が僕を炎の急襲から守ろうと手を引いたのだ。僕は彼を止めようと、指先を向ける。水を、彼を守るために描写する。だが間に合わない。なぜ？　執筆速度がこれまでよりも落ちている。犀星くんが炎に呑み込まれたあと、遅れて水が襲い掛かる。だが弱い。水蒸気が消し飛び、炎が僕の伸ばした腕を焼く。目の前で犀星くんの影が光の中に消える。膝《ひざ》を折り、顔をしかめる。と同時に、酔いのような感覚。意識が飛びそうになるが、違和感がある。……これは、アルコールではない？　なんだ、これは。僕はなにをされているのだ。ふらつき、片手で頭を押さえる。そのとき指先に感覚がないことに気づいた。

分解されている。馬鹿《ばか》な。いつのまに？　描写で修復しようとするが描けない。そのときようやく自覚した。思い出せない。僕の脳から、現世での自分のかたちに関する情報が消えている。まさか、これは――

「僕の記憶を、逆行させているのか」

「ご名答」

ずっとおかしいと思っていた。眷属が出てこない有碍書なんて。その力を他に注ぐ箇所があるはずだと気づいていた。だが詩の世界に違和感を探してばかりいた。間違いだった。有碍書の中に入れば時の遡行から逃れられるのではという前提に、はなから保証などなかったのだ。犀星くんと会話がまともに成立していたから錯覚していたが、あの会話はすべて、未来の詩集と、生前に関するものばかりだった。肝心の、現在を奪われていたのだ。

潜書してからの僕は、たびたび意識が今ではないところへ向いた。あれも予兆だったのか――いや、本当はもっと前から？　ネコとの会話が思い出される。あいつは僕に覚えのない話をした。なんだったか。そもそも、あいつとどこで話した？

「哀れですね。言葉の魔術師も、魔法が解ければ無力だ」

青年が歩み寄り、見下ろす。

「さあ、これが最終問題です。答えを見つけられますか？」

暴虐《ぼうぎゃく》の炎が僕の身体を白く包む。焼ける全身で目を見開き、最後の力を振り絞って、まだかろうじてこの頁に残る暗がり、数間《けん》先の隅へと這《は》う。荒れ狂う炎の影響か、もはや半分ほどは洋墨溜まりと化した中途半端な描写の扉だ。そのか細い隙間を通って、単語から単語へ頁を渡る。どこでもいい、陰影で繋がるどこかへ——陰影？

力尽き意識が途絶える寸前、耳鳴りのように詩《うた》が聞こえた。

五

空に真赤な雲のいろ。

玻璃《はり》に真赤な酒のいろ。

なんでこの身が悲しかろ。

空に真赤な雲のいろ。

なにかを変えたくて、この筆を使えば世界をいくらかよくできるのではないかと試行を繰り返した。土地を移り、分野を移った。己の求めるものに到達できるよう妥協を許さなかった。それでもなお、力は及ばない。

灰色の水を揺蕩っている。洋墨溜まりと混じった扉へ入ったせいか、周囲はまだシーンとして描かれる前の曖昧模糊とした亜空間のようだ。

ぽ、ぽ、とネガのように赤く浮かんでくる光景は、どれも僕の思い出たちだ。はるか古い、生前の。最初の頁に書かれていた序文が頭をよぎる。『思ひ出か、たゞし、わが秋の中古伝説《レヂエンド》』。中古伝説の末に「?」をつけず言い切られている理由が今さら腑《ふ》に落ちる。白秋はもう中古の伝説だと断言しているのだろう。過去にいかなる栄光を得ようとも、未来にまで残るものはないと。確かに、いつだって理想ばかりがこの貧相な肉体からとめどなく溢れ出し、指の隙間から大切なものがこぼれてゆく。それが、僕の思い出だ。そのつもりでここを僕の柩と決めたのなら、侵蝕者は僕をよく理解している。

絶望に打ちのめされそうになりながら、ぼんやりとした闇を彷徨《さまよ》い泳ぐ。どこかに出口があるはずだと信じて、全身に力を込める。そうしてうまく水をかけないことに気づく。消えたのは指先だけではない。侵蝕者の炎に焼かれた腕の描写が、塵《ちり》と消えている。千切れた肘《ひじ》から洋墨が流れ出ている。修復をしようとするが叶わない。自分の手がどのような形だったか、もはや思い出せないのだ。苦笑する。文士が手を失ってどうする。

くつくつと喉を震わせ、泡を吐き、それから自分に言い聞かす。

――だが、それだけだ。

腕がないことが、抗《あらが》わない理由にはならない。僕には守らなければならないものがある。未来ある後進たち、帝國図書館、文学。どれも大切で、二度と失えないものだ。

腕を作れないなら、水を作ればいい。柳河の水流ならまだ覚えている。魂から洋墨を絞り出し、灰色を清流に染めて泳ぐ。とうに巣立った故郷の思い出が、僕を未来へ連れていく。はるか遠くに、頁と繋がるかすかな光を見つける。


がは、と水を吐いた。目を開く。

冷たい地面に、うつ伏せに寝そべっていた。

呼吸をは、は、は、と三度し、よたつきながら上体を起こして、周囲を見渡した。

夜だ。青白い光沢を放つ地平がどこまでも続いている。

遠くに幽かに、風景としての建物がある以外は、人気がない。

「犀星くん？」

呼びかけるが、返答はない。やはり同じ場所には来ていないようだ。ここはどこだ？

随分と描写の少ない詩だ。わずかな手がかりでも見逃せない。活路はどこか。感覚を研ぎ澄ます。

と、遠くから声が聞こえた。

耳を澄ます。間違いない。声だ。だが上手《うま》く聞き取れない。

犀星くん……ではない。かといって侵蝕者の声でもない。

声の方へ歩く。しばらく行くと、足元に小さい花が咲いていた。青白い光を浴び、陰影が落ちている。ふっと頭上を見る。夜空に、月が出ている。

知覚した途端、冷たい空気が颯爽《さつそう》と吹き、どこからか詩が聞こえてきた。

目さまし時計の鳴る夜に
かなしくひとり起きつつ
倉を巡回《まは》れば、つめたし、
月の光にさく花。

すると洋墨色の地面が発光をはじめた。質感は細かな砂利へと変わり、それらが冴瑠璃《ラピスラズリ》の色を灯す。顔を上げると、いつのまにか正面に、足元からの青白い光に顎を照らされた、美しい青年が立っていた。

「朔太郎くん」

声を上げた。彼は微笑んでいる。

「白秋先生。　まさか先生がここに来られるとは。　嬉しい誤算です」

「無事でよかった。　一体どうやって」

「自分の洋墨は、限界が近い。　事情を手短に話します」

違和感に気づく。　彼の姿はとても精巧だが、焦点は僕に合っていない。　口の動きも妙だ。　侵蝕者と同じ過去の再生――

警戒する僕に、朔太郎くんの像は優しい声を出す。

「自分はシーンの境界に呑み込まれる瞬間、侵蝕者の気配を、その混沌《こんとん》たる闇の中に感じました。　それで、抵抗をやめたんです。　考えてというよりも直感でした。　下手に抵抗するよりも、身を委《ゆだ》ねたほうが敵の居場所を探れるんじゃないかという」

「なんて無茶を」

「答えは、思ったとおりでした。　侵蝕者は思わぬところに潜んでいたのです。　普通に単語を辿っていたのでは見つけられない場所に――ただ、既に闇に取り込まれている自分は、扉のもとに戻って伝えることができない。　だからせめて、通常の頁からこの場所へ来られる隠し扉を設置し、自分の残留思念だけを置いておくことにしました。　見つけてくださるのが白秋先生とは思いませんでしたが」

「そのような勝手が可能なのかい？　侵蝕者の掌中にある世界で」

「基本的には不可能です。　ただし自分がどれだけあなたにとりこにされたか！」

「ありがたいが、前も聞いたよ」苦笑が漏れる。

「ああ、すみません、つい」と朔太郎くんは頬をかいて微笑む。心なしかいつもより潑剌《はつらつ》としている。残留思念で、本体はここにいないからだろうか。

「だから、ある単語についてのみ、自分は先生の詩とシンクロすることで侵蝕者よりも優位な加筆修正ができたのです」

「ある単語？」

「月です。『陰影』には〝月と瓦斯との接吻《キス》〟という一文があります。そしてここ『酒の黴《かび》』には〝月の光にさく花〟が。だからふたつのシーンを繋げることができました。隠し扉には、文章に敏感な者であれば違和感を持つよう誤植を残して」

「誤植――」

「文章の重複。陰影のシーンの最後まで来たとき、そこに描かれる一行が二重に発生するように仕込みました」

最初に犀星くんと「陰影」を歩いたときを思い出す。あのとき、犀星くんが同じ言葉を繰り返したように聞こえた。――陰影はここで終わりだ。

「驚いた。そんな仕込みを、闇に呑まれるとっさの判断でやってのけるとは」

「これも過去の再生の応用に過ぎませんから。問題は、誤植の影響を受けた犀自身では気づけなかったことです。自分の詰の甘さというか……でも先生が気づいてくれました。

一言一句の瑕疵も見逃さない、その眼力で」

「僕はただ、なすべきことをなしたかっただけだよ」本当は、力はまるで及んでいない。

「先生は、ご自分の偉業に気づいていないのです。あなたは自分たち後進にとっての光です。晩年、視界なき中にあっても作品を出され続けたその背中も」

「僕の背中は陰影だ。光は天敵だよ」

「そんなことはありません。自殺から帰ったのち、あなたは書き残していたではないですか――どんなに突きつめても死ねなかった、死ぬにはあまりに空が温く日光があまりに又眩しかった」

　苦笑が漏れる。

「あれは前向きな言葉ではない。周囲が、光り輝くものたちが、あまりに優れ、あまりに優しすぎただけだ」

「でも、その光を見つめることはやめなかった」

「なに？」

「先生、もう気づいているはずです。あなたが空を見たのは、目を開いたからです。光を眩しいと感じたのは、向き合うことを諦《あきら》めなかったからです。あなたは自死を一度は覚悟しながらも、再び光に立ち向かうことを選んだ。まさに今、腕を捥《も》がれ絶望の黒い海に落とされてもなお、迎えに来てくれたように」

朔太郎くんは真っすぐ僕を見つめる。青白く輝く瞳で。

「あなたはどんなに眩い光にも、必ず到達できる人だ」

彼の瞳に映る僕の顔はとても不満げに、童《わらべ》のように歯を食いしばっている。

その顔を見た途端、なにもかもを理解した。

——そうか。僕は、僕を見誤っていたのか。

ずっと、光を恐れていると思い込んでいた。現実の始まりだから。朝目覚めるたび、理想に届かない自分を知るから。

どこにいても、なにを作っても、きちんと満足したことがない。理想に届いたつもりでも、すぐにこの手をこぼれ落ちていってしまう。現代において、北原白秋は過去の遺物に過ぎない、そんな思いに囚《とら》われ、光に怯《おび》えているのだと思い込んでいた。

だが違う。僕が本当に恐ろしかったのは、光にいつか立ち向かえなくなる自分だ。

——僕は、理想に届かない僕を許せるほど、大人じゃないから。

だから、どんな汚泥《おでい》の中でも藻掻くしかない。

ふいに、朔太郎くんの姿がパキ、と割れ始める。過去の再生もいつまでも続けられるわけではないはずだ。限界が来たのだろう。亀裂《きれつ》からは赤白い光が漏れる。隣合わせの詩から、侵蝕者の炎が境界を破って迫ってきている。

「じきにこの頁も焼き尽くされます。先生、迎えに来てください」

朔太郎くんのひび割れた顔面から、むわりとむせ返る酒の臭いと炎が満ちてくる。

「自分は待ち遠しくて仕方がないのです。これは酔いでも熱病でもありません。今すぐ助けに来てください、光の中へ」

朔太郎くんは両腕を、僕を迎えるように広げ、頬を紅潮させる。

――まったく。過去の映像じゃなかったのかい。

優れた詩人の描写は、今ここにあるかのような現実味を持つ。だがそんな彼の描写も、ついに砕け散る。炎が僕の顔面へと吹き出してくる。目は瞑《つぶ》らない。

汗が額を滴る。それを拭《ぬぐ》い、邪魔くさい前髪ごと両手で後ろへ撫《な》でつける。このほうがずっと視界が広い。

朔太郎くんが残してくれた亀裂から溢れ出てくる炎に手をかざす。身体が焼ける劇痛。奥歯を嚙み、構わずさらに腕を突っ込む。すると、炎症さえ火の粉の幻となって霧消する。なるほど、と頬を引き攣らせ苦笑する。侵蝕者は過去を再生するといった。つまり『思ひ出』の中で立ちはだかる痛みと苦悩もまた、己の過去に過ぎない。――僕は、過去の僕自身と戦わされていたのか。どうりで手強《てごわ》いわけだ。

やがて闇に奔った罅が砕け散り、光が溢れる。僕は飛び込む。

はじめから、こちらへ進むべきだった。光の方へ。改めて、言葉にした。

「陰影はここで終わりだ」

六

目は閉じなかった。

これまでいちばんの閃光《せんこう》が瞬《またた》いたかと思えば、あとには真っ黒な、ただ洋墨の溜まる亜空間が広がった。

薄暗い闇の中に、白い洋墨の筆跡が発光している。それは一筆書きのように、箒星《ほうきぼし》めいた残光のしぶきを掉尾《とうび》へ飛ばしながら、淡々と新たな文字を紡いでゆく。筆の行き着く先には、淡白く灯る椅子の描写が現れた。

椅子には、やせ細った青年がちょこんと座っている。さきに姿を見せた青年に似ているが、化粧《けはひ》じみて血色が悪く、病的に見える。ひじ掛けに腕を置き、黒眼鏡をかけ、じっとしている。手元には、利久鼠《りきゅうねずみ》の杖《つえ》が立てかけられている。

僕は黒い大地に白い水の足場を描写し、着地する。履物の爪先《つまさき》がちゃぷと鳴る。

「君が侵蝕者かい」

青年は座ったまま、わずかだけ顔を上げた。

「ええ」

声は掠《かす》れているが、うぶさが奥底にある。まだ二十《はたち》に満たないように見える。

「まさか居所をアンカットで隠すとはね」

頁と頁を袋とじのように繋いだままにする製本法。読者自らが裁断しなければ中の文章は読めない、それと同様にこの侵蝕者は頁と頁の隙間に隠れたのだ。あえて僕が避ける、光り輝く炎の描写でカムフラージュして。大事なものはいつだって、行間に潜んでいる。

「火災のシーンで幻影と会話をできたのは、隣合った頁だったからだね」

燃え盛る炎の音は、声の出所を誤魔化すためでもあったわけだ。

「ご慧眼《けいがん》、感服いたします」

光に慣れてきた僕の目が、黒眼鏡の向こうに青年の眼球を見つける。その泰然とすぎた瞳を見て、気づく。

「――君、目が」

青年は頷く。サングラスをとり、開いた目は、しかし僕と合わない。

「ええ、光を失いまして。本当は、この姿を白秋先生に見せたくはなかったのですが」

「僕の前に現れたあの幻影は、過去の映像かい」

「お恥ずかしながら」

彼の足先から頭頂部を、視線だけを動かして見る。虚弱な身体だ。

「その体ではまともに戦えまい。だから遠隔から、僕の心を侵蝕しようとしたのだね」

「仰《おつしゃ》る通りです。ここまで来られると私に勝ち目はありませんから、うまく隠したつもりだったのですが……よく見つけられましたね」

「朔太郎くんと犀星くんはどこに」

「ご安心ください」

と言って青年が、顎をくいと背後を指すように向ける。

椅子のうしろの暗がりに、ぼんやりと硝子張りの、筒状のショーケースが二本浮かび上がる。その内部は灰色の洋墨で満たされていて、ふたりは全裸で浸かり、眠る赤児のように丸くなって目を閉じている。口からは小さな泡《あぶく》が出ている。

「呼吸はできていますよ。いまは夢に浸ってもらっています」

「夢……」

朔太郎くんは、夢の中から僕に話しかけてきたのか。なんという執着心だ。

「なにを笑ってらっしゃるのです？」

「いや、なんでもない」

青年のほうへ視線を戻す。

「僕の本を標的にした理由はなんだい」

「一番はやはり、貴方の作品をよく読んでいたからでしょうね」

「本に絶望したのではなかったのかな」

「はじめからでは、勿論《もちろん》ありませんよ」

「では、どんな理由があって」

「理由？　不思議なことを訊《き》く方ですね。本を好きだった者が、視力を失い読めなくなって絶望し、侵蝕者に堕《お》ちる——到って想像しやすいストーリーだと思いますけど」

「文学を知らぬ者が聞けばね。だが事はそんなに簡単ではないはずだ」

青年の返事まで、少しの間があった。

「どうしてそう思うのです」

理由はいくつかある。

「ひとつには描写だ。過去の再生とひと言に言っても、これだけ並んだ詩の数々を現実味をもって表現するのは容易ではない。とくに僕を襲った火災の情景。あれは僕の過去を再生した幻だが、それを幻と気づかせない現実味《リアリティ》は筆の力だ——君はただの読者ではない。文学の深淵《しんえん》に多少なりと触れている。ならば、失明した世界で文字を渇望《かつぼう》することはあっても、それを理由に文学を穢《けが》しはしないのではないか」

青年は黒眼鏡の向こうの目を見開き、ふ、と初めて声を立てて笑った。

「本当に、文学の力を信じていらっしゃるのですね」

「当然だ」

彼はため息を吐《つ》く。

「動機は、込み入った私事です。先生に話すほどの内容ではありませんよ」

「それを聞かなければ、君を本当の意味で浄化はできない」

「同情してくださるのですか？」

「いいや、単に必要なステップだよ。読者の心境を理解し、その心に馴染む筆運びでもって、蝕《むしば》まれた魂を自然に還す。文士ならば読者に感情移入などせずとも、情報さえ整理すれば適した描写を書ける」

「冷徹な言い回しですね」

「侵蝕者にかける情は持ち合わせていないのでね。言葉には正直でいたい」

　彼の手が持ち上がる。僕は反射的に手のひらを構える。が、彼は黒眼鏡の位置を正しただけだ。青年は口元を緩める。

「承知しました。では、手短にお話ししましょう、面白くもない僕の思い出話を」

　かつて私は工場に勤める労働者でした、と青年は言った。

　職場環境は夏は暑く、冬は寒かったが賃金は決して高くなかった。休日はほとんどなく、娯楽といえば給料日の帰り道に買う本程度だった。眠気があって長い小説は読み切れないので、詩集を愛した。少しの時間、現実と違う世界に浸れればそれでよかった。詩は、他の本より想像力の余地が大きい点も魅力的に思った。しがない日常を繰り返すだけの自分の頭の中にも、少しくらいの創作性があることを証明してくれている気がして。詩に手をひいてもらって、自分の力で夢の世界を歩いて行けている気がして。

「ほんとうは、創作者に憧《あこが》れがありました。でも夢を追って失敗したときに取り返しをつけられるほどの貯蓄はなく、才能も持ち合わせていない。だから読むことで、そのわずかな達成感を胸に、また本を買うために労働に励みました」

自分の代わりはいくらでもいる仕事、けれど誰かがやらなければならない仕事、その位置でいいと納得していた。かわりに、自分が払ったお金で作家が潤《うるお》う。またひとときの幸せを本というかたちで自分に還元してくれる。そう思えば仕事に取り組めた。

持ち場が隣だった同僚は、よく仕事の愚痴を並べた。あきらかに嘘の理由で仕事を休む日もあり、そんなときは穴埋めの出勤を上司から言いつけられた。だが青年は、文句ひとつ言わなかったという。これで本をまた一冊買える、そう思ったから。

そんなある日、事故が起きた。自然災害を原因とした、工場での大規模火災だった。

青年は化学薬品に目を焼かれ、光を失った。本を読めない体になった。欠勤していた同僚は助かった。

「自然災害ですから、誰が悪いわけでもありません」

青年は掠れた声で言う。

「でもなんだか、すべてがどうでもよくなったのです」

否《いや》が応《おう》でも、焼尽した実家の酒倉を想起する。とともに、ようやく腑に落ちる。だからこの青年はあんなにも真に迫った猛火を描けたのか。

「だから本を、恨むしかなかったのだね」

「いいえ、恨んでなどいません。本なんて、なくても生きていける。必要のないものですから」

黒眼鏡の奥にある瞳から、か細い光がひと筋こぼれる。僕はそのきらめきを、じっと見つめる。

「だが、だからといって許されはしないよ」

「先生」

「なんだい」

「私の目は節穴です。それでも今、先生がどんな表情をされているかわかる気がします。こんな私のために、傷ついてくださっているのですか？」

顔をしかめていた自分に気づき、押し殺すように奥歯に力を込める。

「まさか。僕は侵蝕者に同情などしない」

「そうか、そうですよね。それでこそ先生です」

青年の微笑みは柔らかく、まるで子供のようだ。

「最後に、君の願いを聞こう」

青年の微笑がわずかに揺らぐ。闇の硝子の奥にある彼の瞳を見つめる。

「これも浄化に必要な工程だ。君が文学に失望していることはわかった。なくてよいものだという主張も否定はしない。そのうえで、君は何を望む？」

「私は」唇を、噛むようにして湿らせてから彼は言った。「悔しいのです。あれほど私の求めた文学が、こうなってしまっている現状が。なくてもいいだなんて思われている世界が。だから、それを変えられる救世主を、ずっと求めていたように思います」

「救世主――」

「そのとき頭に浮かんだのが、先生でした。かつて自死を踏みとどまった貴方は、みるみるうちに、見違えるように新しい作品を生み出しました。現代の自由詩、口語詩、短唱、童謡、民謡、国民歌謡、新詩文、児童自由詩――その後いかなる苦難に見舞われても、視力を失ってもなお一層、その筆は美しい軌跡を描いた。貴方はいかなるときでも諦めない。その姿に私は、真なる作家像を見たのです。だから限りなく失望に満ちたこの姿となってもなお最後に、貴方に問うてみたかった。この現状を変える力が、貴方にならあるのか」

「答えは見つかったかい」

「ええ。やはり貴方は特別だ。貴方のような作家がいるのなら、まだ希望があるかもしれない」

「今回ばかりは、できすぎた後進ふたりのおかげだよ。僕がいなくとも、いずれあのふたりがどうにかしただろう」

青年の背後に眠るふたりは、寝息を立てている。

「――そうだね、ただ」と僕は続ける。

「ただ？」

「彼らを失望させる僕であるつもりはない」

あれだけ熱い言葉をもらって、立ち止まっている自分を許せる性分ではない。

「いい顔をしていますね」青年は微笑む。

「君の瞳も、綺麗《きれい》だよ」黒眼鏡の奥の瞳と、しっかり目が合う。

途端、闇に満ちた頁の隅に、潔癖な亀裂が奔った。隙間から光が漏れてくる――外の光だ。黒い頁が端から、ぽろぽろと砕けてゆく。闇に慣れた目に、光が五月蠅《うるさ》い。

――やはり、僕は光が苦手だ。まるで過剰な描写のようだから。

幼少のころから僕は、潔癖なほどに一言一句に拘《こだわ》った。人よりも鋭敏に、露出した根毛のように、表現の機微に気づいてしまう性質があった。日々を満たす音と匂い、意味と律動を全身から吸収し、言葉に変換できた。それは自然に、望む望まざるにかかわらずおこなわれた。きっと僕は天才なのだろう。自惚《うぬぼ》れでも慢心でもなく、優れた者はその生涯を通じて、他とは違うことを強制的に自覚させられる。同時に、義務を負う。選ばれた者として、後世に傑作を残す義務を。

それは本という形だろうか？　いや、そうとは限らない。これまでも形式になど拘らず、言葉あるところを自由に渡り歩いた。それらすべてが僕だった。ただ、そのうえで、やはり僕は本を愛しているのだと思う。これは単なる執着だろう。思い出への懐郷に過ぎない。しかし、それを捨てれば何も残らない。僕の記憶、僕の感性、僕の思考、僕の理想がすべて、僕の言葉になる。

　青年と僕の立っている足元も次々と砕け、これまで文字だった足元が罅割れる。白い網目状の光が下から照らしてくる。眩しさに目を細める。青年の姿も光に呑まれ、見えなくなってゆく。キインと耳鳴りがし、その音もまた、じきに聞こえなくなる無音がやってくる。世界を構成していた侵蝕者の描写が、無に還っているのだ。『思ひ出』に本来アンカットはない。侵蝕者は、この頁ごと消えることになる。今ならわかる。青年がこの本を標的に選んだ理由。彼にとって灰色の柩とは文学であり、文学との思い出だった。彼はこの場所とともに、葬《ほうむ》られることを選んだ。

　もはや真っ白となった空間から、最後のひととき、彼の声が響いた気がした。

——先生、文学の未来は明るいですか。

　すべての黒が消え、正常な光が戻ってくる。僕はもはやしっかりとふたつの目を開き、白い言葉を選んだ。

「僕が光になろう」

告げた瞬間、かっと視界が瞬いた。

気づけば、侵蝕者の姿はもうなかった。

真っ黒だった部屋は、白に染め上げられていた。

硝子の筒も消え、地べたに寝ていた朔太郎くんと犀星くんがゆっくりと目を覚ます。

彼らのさらに向こうに、発光する扉が見えた。

僕は、まだ目覚めたばかりで眩しがるふたりの前へ進み、自らの上着をかける。それからひとり、光の扉へと歩を進める。背中に優しく手のひらを載せるのではない。温かい言葉をかけるのではない。なにも語らず、ただ前を行く。月と星に光を届ける、白い季節であれるように。

ふたりから頼まれた序文は、どうにかなりそうだ。

長々と書きはしない。彼らの作品は、僕の解説などなくとも完成するだろうから。

それでもなお必要な言葉があるとすれば、こうして後進と再会させてくれた、理想を追う機会を再びくれた、文学への感謝と誓いであろう。

僕らが没したのちも、次代の文士たちが灯を継いできたから読者が生まれ、読まれたから今の僕たちがいる。では現代は、文学の闇だろうか？　あるいは夜明け前だろうか。いずれでも構わない。暗いところでこそ言葉は光る。その光の名を文学と呼ぶ。

だから僕からの序文は、こうとしよう。

ああ、新生だ。これを読むきみよ、今日という日をよく覚えておきなさい。

きみが本当の言葉を知った日だ。だれかの筆跡が、きみの未来になった日だ。

芯《しん》から光を放つ言葉は、頁を閉じても残る。睫毛《まつげ》の軒先に揺れる夕日として、瞼の書院紙を温める朝日として。この眩さに感謝しよう。光のもとに集まる限り、僕たちは何度でも再会する。たとえ魂は砕けても、想いは砕けない。

P281十二行目〝〟内　J・D・サリンジャー『ライ麦畑でつかまえて』野崎孝訳／白水社より引用

同頁十六行目〜P282一行目〝〟内　ヘミングウェイ『老人と海』高見浩訳／新潮文庫より引用

本書は「文豪とアルケミスト」（©2016 EXNOA LLC）の世界観、キャラクター設定及びゲーム上の用語についてEXNOA LLCの監修を受け、「小説新潮」二〇二二年六月号、十一月号、二〇二三年四月号、八月号に掲載された。また「光へ」は新潮文庫ｎｅｘのために書き下ろされた。

芥川龍之介著

羅生門・鼻

王朝の説話物語にあらわれる人間の心理に、近代的解釈を試みることによって己れのテーマを生かそうとした〝王朝もの〟第一集。

芥川龍之介著

地獄変・偸盗《ちゅうとう》

地獄変の屛風を描くため一人娘を火にかけて芸術の犠牲にし、自らは縊死する異常な天才絵師の物語「地獄変」など〝王朝もの〟第二集。

芥川龍之介著

蜘蛛《くも》の糸・杜《と》子春《ししゅん》

地獄におちた男がやっとつかんだ一条の救いの糸をエゴイズムのために失ってしまう「蜘蛛の糸」、平凡な幸福を讃えた「杜子春」等10編。

菊池　寛著

藤十郎の恋・恩讐の彼方に

元禄期の名優坂田藤十郎の偽りの恋を描いた「藤十郎の恋」、仇討ちの非人間性をテーマとした「恩讐の彼方に」など初期作品10編を収録。

堀　辰雄著

風立ちぬ・美しい村

高原のサナトリウムに病を癒やす娘とその恋人の心理を描いて、時の流れのうちに人間の生死を見据えた「風立ちぬ」など中期傑作2編。

堀　辰雄著

大和路・信濃路

旅の感動を率直に綴る「大和路」「信濃路」など、堀文学を理解するための重要な鍵であり、その思索と文学的成長を示すエッセイと小品。

河端ジュン一著

顔のない天才　文豪とアルケミスト　ノベライズ
—case 芥川龍之介—

自著『地獄変』へ潜書することになった芥川龍之介に突きつけられた己の〝罪〟とは。「文豪とアルケミスト」公式ノベライズ第一弾。

矢野　隆著

不終《おわらず》の怪談　文豪とアルケミスト　ノベライズ
—case 小泉八雲—

自著『怪談』に潜書した小泉八雲は終わりの見えない怪異へと巻き込まれていく。「文豪とアルケミスト」公式ノベライズ第二弾。

仁木英之著

君に勧む杯　文豪とアルケミスト　ノベライズ
—case 井伏鱒二—

それでも、書き続けることを許してくれるだろうか。文豪として名を残せぬ者への哀歌が胸を打つ。「文アル」ノベライズ第三弾。

河端ジュン一著

六畳間ミステリーアパート

そのアパートで暮らせばどんなお悩みも解決する⁉　奇妙な住人たちが繰り広げる、不思議でハートウォーミングな新感覚ミステリー。

新潮文庫編

文豪ナビ　三島由紀夫

時代が後から追いかけた。そうか！　早すぎたんだ——現代の感性で文豪の作品に新たな光を当てる、驚きと発見に満ちた新シリーズ。

新潮文庫編

文豪ナビ　芥川龍之介

カリスマシェフは、短編料理でショーブする——現代の感性で文豪の作品に新たな光を当てる、驚きと発見に満ちた新シリーズ。

新潮文庫編

文豪ナビ 司馬遼太郎

『国盗り物語』『燃えよ剣』『竜馬がゆく』『坂の上の雲』――歴史のなかの人物に新たな命を吹き込んだ司馬遼太郎の魅力を完全ガイド。

新潮文庫編

文豪ナビ 藤沢周平

『橋ものがたり』『たそがれ清兵衛』『用心棒日月抄』『蝉しぐれ』――人情の機微を深く優しく包み込んだ藤沢作品の魅力を完全ガイド！

新潮文庫編

文豪ナビ 松本清張

40代で出発した遅咲きの作家は猛然と書き、７００冊以上を著した。『砂の器』から未完の大作まで、〈昭和の巨人〉の創作と素顔に迫る。

新潮文庫編

文豪ナビ 遠藤周作

『沈黙』『海と毒薬』――信仰をテーマにした重厚な作品を描く一方、「違いがわかる男」として人気を博した作家の魅力を完全ガイド！

石井千湖著

文豪たちの友情

文学史にその名の轟く文豪たち。彼らの人間関係は友情に留まらぬ濃厚な魅力に満ちていた。文庫化に際し新章を加え改稿した完全版。

中川越著

すごい言い訳！
―漱石の冷や汗、太宰の大ウソ―

浮気を疑われている、生活費が底をついた、原稿が書けない、深酒でやらかした……。追い詰められた文豪たちが記す弁明の書簡集。

志賀直哉著

和解

長年の父子の相剋のあとに、主人公順吉がようやく父と和解するまでの複雑な感情の動きをたどり、人間にとっての愛を探る傑作中編。

志賀直哉著

清兵衛と瓢簞・網走まで

瓢簞が好きでたまらない少年と、それを苦々しく思う父との対立を描いた「清兵衛と瓢簞」など、作家としての自我確立時の珠玉短編集。

志賀直哉著

小僧の神様・城の崎にて

円熟期の作品から厳選された短編集。交通事故の予後療養に赴いた折の実際の出来事を清澄な目で凝視した「城の崎にて」等18編。

志賀直哉著

暗夜行路

母の不義の子として生れ、今また妻の過ちにも苦しめられる時任謙作の苦悩を通して、運命を越えた意志で幸福を模索する姿を描く。

武者小路実篤著

友情

あつい友情で結ばれていた脚本家野島と新進作家大宮は、同時に一人の女を愛してしまった——青春期の友情と恋愛の相剋を描く名作。

武者小路実篤著

お目出たき人

口をきいたことすらない美少女への熱愛。その片恋の破局までを、豊かな「失恋能力」の持主、武者小路実篤が底ぬけの率直さで描く。

川端康成著
雪国

温泉町の女、駒子の肌は白くなめらかだった。彼女に再び会うため島村が汽車に乗ると……。日本的な「美」を結晶化させた世界的名作。

川端康成著
伊豆の踊子

旧制高校生の私は、伊豆で美しい踊子に出会う。彼女との旅の先に待つのは——。若き日の屈託と瑞瑞しい恋を描く表題作など4編。

川端康成著
少年

彼の指を、腕を、胸を、唇を愛着していた……。旧制中学の寄宿舎での「少年愛」を描き、川端文学の核に触れる知られざる名編。

川端康成著
舞姫

波子の夢は、娘の品子をプリマドンナにすることだった。寄る辺なき日本人の精神の揺らぎを、ある家族に仮託して凝縮させた傑作。

川端康成著
川端康成初恋小説集

新発見書簡にメディア騒然！　若き文豪が心奪われた少女・伊藤初代。「伊豆の踊子」の原点となった運命的な恋の物語を一冊に集成。

バーネット
川端康成訳
小公子

傲慢で頑なな老伯爵の心を跡継ぎとなった少年・セドリックの純真さが揺り動かしていく。川端康成の名訳でよみがえる児童文学の傑作。

谷崎潤一郎著

痴人の愛

主人公が見出し育てた美少女ナオミは、成熟するにつれて妖艶さを増し、ついに彼はその愛欲の虜となって、生活も荒廃していく……。

谷崎潤一郎著

春琴抄

盲目の三味線師匠春琴に仕える佐助は、春琴と同じ暗闇の世界に入り同じ芸の道にいそしむことを願って、針で自分の両眼を突く……。

谷崎潤一郎著

卍（まんじ）

関西の良家の夫人が告白する、異常な同性愛体験――関西の女性の艶やかな声音に魅かれて、著者が新境地をひらいた記念碑的作品。

谷崎潤一郎著

少将滋幹《しげもと》の母

時の左大臣に奪われた、帥の大納言の北の方は絶世の美女。残された子供滋幹の母に対する追慕に焦点をあててくり広げられる絵巻物。

谷崎潤一郎著

鍵・瘋癲《ふうてん》老人日記

毎日芸術賞受賞

老夫婦の閨房日記を交互に示す手法で性の深奥を描く「鍵」。老残の身でなおも息子の妻の媚態に惑う「瘋癲老人日記」。晩年の二傑作。

谷崎潤一郎著

刺《し》青《せい》・秘密

肌を刺されてもだえる人の姿に、いいしれぬ愉悦を感じる刺青師清吉が、宿願であった光輝く美女の背に蜘蛛を彫りおえたとき……。

新潮文庫最新刊

安部公房著
(霊媒の話より) 題未定
—安部公房初期短編集—

19歳の処女作「(霊媒の話より) 題未定」、全集未収録の「天使」など、世界の知性、安部公房の幕開けを鮮烈に伝える初期短編11編。

松本清張著
空白の意匠
—初期ミステリ傑作集(二)—

ある日の朝刊が、私の将来を打ち砕いた——。組織のなかで苦悩する管理職を描いた表題作をはじめ、清張ミステリ初期の傑作八編。

宮城谷昌光著
公孫龍 巻一 青龍篇

群雄割拠の中国戦国時代。王子の身分を捨て、「公孫龍」と名を変えた十八歳の青年の行く手に待つものは。波乱万丈の歴史小説開幕。

織田作之助著
放浪・雪の夜
—織田作之助傑作集—

織田作之助——大阪が生んだ不世出の物語作家。芥川賞候補作「俗臭」、幕末の寺田屋を描く名品「蛍」など、11編を厳選し収録する。

松下隆一著
羅城門に啼く
京都文学賞受賞

荒廃した平安の都で生きる若者が得た初めての愛。だがそれは慟哭の始まりだった。地べたに生きる人々の絶望と再生を描く傑作。

河端ジュン一著
可能性の怪物
—文豪とアルケミスト短編集—

織田作之助、久米正雄、宮沢賢治、夢野久作、そして北原白秋。文豪たちそれぞれの戦いを描く「文豪とアルケミスト」公式短編集。

新潮文庫最新刊

早坂吝著

ＶＲ浮遊館の謎
―探偵ＡＩのリアル・ディープラーニング―

探偵ＡＩ×魔法使いの館！　ＶＲゲーム内で勃発した連続猟奇殺人!?　館の謎を解き、脱出できるのか。新感覚推理バトルの超新星《スーパーノヴァ》！

Ｅ・アンダースン
矢口誠訳

夜の人々

脱獄した強盗犯の若者とその恋人の、ひりつくような愛と逃亡の物語。Ｒ・チャンドラーが激賞した作家によるノワール小説の名品。

本橋信宏著

上野アンダーグラウンド

視点を変えれば、街の見方はこんなにも変わる。誰もが知る上野という街には、現代の魔境として多くの秘密と混沌が眠っていた……。

Ｇ・ケイン
濱野大道訳

ＡＩ監獄ウイグル

監視カメラや行動履歴。中国新疆ではＡＩが〝将来の犯罪者〟を予想し、無実の人が収容所に送られていた。衝撃のノンフィクション。

高井浩章著

おカネの教室
―僕らがおかしなクラブで学んだ秘密―

経済の仕組みを知る事は世界で戦う武器となる。謎のクラブ顧問と中学生の対話を通してお金の生きた知識が身につく学べる青春小説。

早野龍五著

「科学的」は武器になる
―世界を生き抜くための思考法―

世界的物理学者がサイエンスマインドの大切さを語る。流言の飛び交う不確実性の時代に、正しい判断をするための強力な羅針盤。

イラスト　EXNOA LLC
デザイン　新潮社装幀室

可能性《かのうせい》の怪物《かいぶつ》　文豪《ぶんごう》とアルケミスト短編集《たんぺんしゅう》

新潮文庫　ん－2－7

令和六年四月一日発行

著者　河《かわ》端《ばた》ジュン一《いち》

発行者　佐藤隆信

発行所　株式会社新潮社

郵便番号　一六二―八七一一
東京都新宿区矢来町七一
電話　編集部(〇三)三二六六―五四四〇
　　　読者係(〇三)三二六六―五一一一
https://www.shinchosha.co.jp

価格はカバーに表示してあります。

乱丁・落丁本は、ご面倒ですが小社読者係宛ご送付ください。送料小社負担にてお取替えいたします。

印刷・錦明印刷株式会社　製本・錦明印刷株式会社

ISBN978-4-10-180283-1　C0193